ハヤカワ文庫 SF
〈SF2439〉

宇宙英雄ローダン・シリーズ〈710〉

あるサイノスの死

H・G・エーヴェルス
シドラ房子訳

早川書房
9046

PERRY RHODAN
DER TOD EINES CYNOS
STERNENTORE
by
H. G. Ewers

Translated by
Fusako Sidler
First published 2024 in Japan by
HAYAKAWA PUBLISHING, INC.
This book is published in Japan by
arrangement with
HEINRICH BAUER VERLAG KG, HAMBURG, GERMANY
through JAPAN UNI AGENCY, INC., TOKYO.

目次

あるサイノスの死

あるサイノスの死

H・G・エーヴェルス

登場人物

ペリー・ローダン…………………銀河系船団最高指揮官

レジナルド・ブル（ブリー）……《シマロン》指揮官

グッキー……………………………ネズミ＝ビーバー

エイレーネ…………………………ローダンの娘

コヴァル・インガード……………惑星ブガクリスの〝蛮人〟

ベオドゥ……………………………アッタヴェンノク

イホ・トロト………………………ハルト人

ポタルウ……………………………ペレヴォン。偵察員

ジュファル・アマ・スンヌー……白い皮膚を持つ謎のヒューマノイド

スラドク……………………………ドゥムフリー。提督

シュダル・コン……………………ドルイス人。拠点エンジニア

ルフス・ティラク…………………テラナー。ヴィーロ宙航士

1　プロローグ

ペリー・ローダン、レジナルド・ブル、グッキー、ベオドゥ、エイレーネ、コヴァル・インガードは、だれも知らない宇宙で道に迷っていた。

そしてもちろん、ハルト人のイホ・トロトも。一ブラックホールの事象の地平線の背後に押し流された宇宙船は、トロトの船だったのだから。

トロトがついさっきいったことを、ローダンは考える。

ブラック・スターロードについて……それと、その領域に存在するもののことを。

不死者は、外側監視用スクリーン数基と、《ハルタ》司令室上部の透明ドームに目を凝《こ》らした。もう何度めかわからない。

先ほどと同じく、輪郭のない暗闇がひろがっている。旧ネットウォーカー船は、時空のかなたの虚無のなかを浮遊しているのだろうか。原因も結果も存在しない虚無。それどころか、いっさいの因果関係から超越する虚無のなかに。

この感情はきわめて強く、明澄な理性が曇ってしまいそうになる。

意志力のありったけをふりしぼり、なんとか冷静な思考をたもつ。《ハルタ》がパウラ星系のブラックホールに突入したときの不気味な出来ごとが思いだされた。

あれはたしかに宇宙船だった、とローダンは確信している。《ハルタ》とその物体は超高速ですれちがったため、通過する影のようなものが走査スクリーンに一瞬うつっただけで、すぐに消えたけれども。

どうやらわれわれ全員に大きな危険が迫っているらしい。だが、それによって謎の手がかりがつかめれば、いわゆる局部銀河群内部の状況について完全に新しい洞察が得られるかもしれない。

イホ・トロトがからだを動かしたとき、テラナーの視線が娘のそれと出会った。エイレーネはうなずいた。ハルト人が精神的に過去にさかのぼり、当時なにが起きたかを説明してくれる準備ができたのではないかと、エイレーネも感じているようだ。

*

NGZ四四五年十一月……

イホ・トロトは、ネットウォーカー船《ハルタ》に乗船し、長さ八十キロメートルの物質塊に接近飛行中だった。この物質塊は、すこし前にコスモヌクレオチド・ドリフェルの間近に実体化したものだ。かたちが不格好なので、〝丸太〟と名づけられた。

〝丸太〟は、この時代最大の謎と考えられている。これまで〝丸太〟の謎はなにひとつ明かされておらず、解明する試みはことごとく失敗に終わっていた。

不思議ではなかった。構造物から出る放射によって、距離十光時以内にあるプシオン・ネットがひどく乱されるのだ。エネルプシ・エンジンを持つ宇宙船が利用できなくなるほどに。

プシオン・ネットの攪乱《かくらん》、あるいはゆがみ。その作用は、ほかにもおよんでいる。イホ・トロトも知るように、〝丸太〟への接近を試みたネットウォーカーで、四光分より先に近づいた者はいない。この〝バリア〟から出るプシオン性の圧力は非常に強力で、ネットウォーカーはみな、発狂しかねない状態になるからだ……ほかのすべての知性体も、おそらくそうなのだろう。

それでもハルト人はひるまず、この境界線をみずからこえる計画をたてた。特殊なメタボリズムと、通常脳と計画脳の相互作用によって生じる極度なメンタル安定性を持つからだいじょうぶ、と考えた。ジェフリー・アベル・ワリンジャーの考えによると、並行宇宙からやってきたという、とてつもなく異質な物体。これについてもっと解明しよう、トロトはそうかたく決心した。

《ハルタ》はいまや、〝丸太〟に三光時の距離まで接近した。かなり前にエネルプシ・エンジンからメタグラヴ・エンジンに切りかえ、〝狂気バリア〟まで超光速飛行で進んでいく。

「注意！」船載コンピュータが告げる。よくするように、ハイエンドのヴォコーダーを使ってボスの声をまねしながら。「一分後に通常空間に突入します。〝丸太〟からわずか六光分の距離です。そのあとどう行動するべきか、まだ指示をもらっていませんが、トロトス」

「マニュアル操縦に切りかえるつもりだ、カットク」と、ハルト人。カットクはハルト語で〝同僚〟を意味するが、みくだす感じのニュアンスを持つ言葉だ。

「やめたほうがいいと思います」船載コンピュータが抗議する。「〝丸太〟から放出されるプシオン圧力が、あなたにネガティヴな影響をあたえないともかぎらない。場合によっては、とんでもない反応をして、みずからの命を危険にさらしかねません……わたしの存在はもちろんのこと」

トロトは縦四十センチメートルのドーム形の頭をまわす。その位置から、司令室のコーティングされた壁の操作盤を、まんなかの目で見つめた。壁の向こうに、船載コンピュータの主要エレメントがある。

トロトはいぶかしく感じた。カットクはこれまで、まったく通常の船載コンピュータとしてふるまってきた。高性能技術がそなわっているとはいえ、意思のないただの機器。だが、最後のコメントから、カットクがふいにおのれの存在を意識するようになった……または、知性体の意思と同等のものを持つと意識するようになったことがうかがえるのだ。

まさしく異例なことだ。船載コンピュータは構造上、そうした変化への設定がないからだ。しかし、イホ・トロトはそれには触れず、今後船載コンピュータの発言にそうした〝ニュアンス〟がないかどうか、もっと気をくばることにした。コンピュータの内部でなにが起きたのかを知るために。

「その危険はある」と、応じる。「対応の方法を提案してくれ、カットク」

「《ハルタ》のコマンドをわたしにまかせてください。通常空間に入ったら即減速し、四光分の境界を光速の十分の一で通過するよう指示してください。それから〝丸太〟に三光分の距離まで接近したところでUターンし、きた方向にもどります。そのときあなたがちがう指示を出したとしても」

「すぐれた安全対策に思われる」ハルト人は応じる。司令室中央にある安定した大型成型シートにじっとすわったまま。赤褐色の戦闘服は、大昔から変わっていない。「では、これをとり消し不能な指示とする。ひとつ拡張をくわえる。ミッションが危機的段階に入ったときには、宇宙船をわたしがマニュアル操縦する選択肢を放棄する」

「了解しました」船載コンピュータが説明する。「指示の拡張は、ポジティヴな一貫性があります、トロトス」

「わたしの措置法への価値評価か?」巨漢のハルト人がくぐもった声で応じる。疑念を感じたから。

「客観的な確認にすぎません」カットクがなだめるようにいう。

「よかろう!」トロトはなごやかな口調で応じる。「では、われわれのミッションの危機的段階では、わたしの指示でセットしたプログラムを変更するいっさいの選択肢を、きみ自身も持たないよう命じる。これもポジティヴな一貫性と評価するだろうな」

〝われわれのミッション〟! このような表現を使ったことが、腹だたしかった。船載コンピュータが自分と同権のパートナーであると実際にみなすかのようではないか!

「それもポジティヴな一貫性と評価します」カットクは肯定した。

イホ・トロトは咽頭《いんとう》を開いて大声で笑いだした。

次の瞬間、《ハルタ》はハイパー空間から四次元時空連続体にもどった。

全周スクリーン前部セクターに、アステロイドに似た構造物の映像がうつしだされた。ハイパー探知機がキャッチしたものだ。五百億トンの塊りで、出現以来ずっと秒速八千キロメートルでアブサンタ＝シャド銀河中心部の方向に移動をつづけている。

フィールド推進装置が光速の十分の一まで速度を落とす。かすかな振動が宇宙船内に伝わってきた。〝丸太〟の四光分の境界を通過し、さらに距離をちぢめていく。マニュアル操縦のコントロール・ランプが消えた。

イホ・トロトは、成型シートの背もたれに巨軀《きょく》をあずけ、四つの手を肘かけに置いた。赤く光る三つの目の眼柄を、最長の十センチメートルまでのばす。

周囲の宇宙の黒さを、トロトははじめて意識した。無限にひろがっていくかと思われるほど真っ黒なのだ。

トロトはかすかにうめいた。計画脳が制御盤の数値を処理中にミスをしたことに、通常脳が気づいたのだ。つまり、〝丸太〟が放射するプシオン圧力の影響から自分もまぬがれないということ。それでも、通常脳が申しぶんなくミスを補完した。

プシオン圧力は、まもなくからだにも感じられた。頭に鋼の輪がはめられ、しだいにせばまっていく感覚がある。

圧力が耐えがたいまでになると、トロトは暗示を使うことにした。これはただの幻覚だ、と自分にいいきかせる。すると、圧力は実際に弱まった。完全に消えたわけではないが、耐えられる程度だ。

やがて、《ハルタ》は三光分の境界を通過した。

そのときだ。全周ギャラリーとトロトのあいだに、透けるほど薄い黒いヴェールが出現した。風を受けた蜘蛛の糸のようにゆらゆらしている。トロトは身を引きしめた。

「これはなんだ、カットク？」警戒してたずねる。

船載コンピュータから返事はない。

かわりに宇宙船はUターンして、ふたたび〝丸太〟から遠ざかっていく。黒い〝蜘蛛糸ヴェール〟は消えた。

「幻覚だ！」ハルト人は、ほっとしてつぶやく。

なにが起こったのか、わけがわからないまま……

＊

〝丸太〟から十二光分の距離までくると、《ハルタ》は相対的に停止の状態になった。

「宇宙船をこのポジションにたもつこと！」トロトは船載コンピュータに命じる。「わたしはラボに行く」

装甲メタルの階段をおりてラボ区画へと向かう。ラボは、《ハルタ》船首に位置するドーム形司令室の真下にある。多数のメタルプラスティックの壁で仕切られたいくつもの空間に、機能に応じてさまざまな機器がそなわっている。得たばかりの計測値や探知データをその場で処理するためのものだ。ただし、おおざっぱな評価だけだが。精密な分析は、惑星サバルにあるはるかに高性能なコンピュータ複合体でおこなわれる。データ記憶装置は、五分の一が埋まっている。イホ・トロトはすぐに概分析をはじめた。しかし、四光分の境界を通過したあとの測定・探知データからも、〝丸太〟の真の性質を知る手がかりは得られなかった。

トロトは、二度めの接近飛行作戦を実行することに決め、司令室にもどった。二トンのからだを成型シートに沈め、あらためて船載コンピュータに向きなおると、「もう一度リスクをとる！」と、説明する。「今回は〝丸太〟から二光分まで接近する。最初の接近飛行作戦のときの指示は、そのまま有効とする。ただし、こんどは緊急ボタンを作動させてくれ。わたしが作戦を随時中止できるように」

「了解しました、トロトス」船載コンピュータが応じる。「多少手を焼いても、なんとか。乗りかけた船ですから」

「え？」トロトはどなりかえす。「なんだ、そのイディオムは？」

「確定テラ・イディオム集という貯蔵データで見つけました」カットクが応じる。「ここにあるイディオムを、一度徹底的に研究するといいと思います。ほんとうに貴重なものがのってるんで」

「わたしに指図するのはやめろ。でないとひっぺがして船外にほうりだすぞ！」トロトは激怒してどなる。「きみはたぶん……」

「サルにでも嚙まれた？」コンピュータは語尾をあげていった。

「そのとおり！」トロトは甲高《かんだか》い声でいい、がははと笑いだした。それから真顔になり、きびしい口調でいった。「わたしがきみのいろんな能力を高く買っているからといって、今後勝手なことはするなよ、カットク！　ここでは指示をだすのはわたしだけだ。わかったか？」

「わかりました、トロトス」船載コンピュータは同意する。「二度めの接近飛行作戦、これから開始しますか？」

「開始！」トロトは轟《とどろ》く声で応じる。

ふたたび成型シートの背もたれによりかかる。四本の腕を肘かけに置き、全周ギャラリー前部セクターと重要な装置類に注意を集中させた。

《ハルタ》はふたたび〝丸太〟に向かって進みはじめる。その目的にあわせて完璧に仕立てられ、外観にも配慮して美しく微調整されたネットウォーカー船。船体のかたちは、どのネットウォーカー船とも大きくちがう。教養が高くすぐれた技術を持つハルト人が使用することを念頭にデザインされたのだろうか。

こんどは、最初から通常脳が計画脳を監視する。こうして、最初の接近飛行作戦で計画脳がおかしたミスを未然に防ぐ。

頭蓋に感じた圧力も、最初から自己暗示でさまたげた。なんの恐怖心もわかない。かわりにべつの感覚がある。それがなんなのか、すぐにはわからなかった。しばらくたってから、黒いヴェールの幻覚を待っていることに気づいた。

つまり、〝丸太〟から放射されるプシオン圧力から、なんらかの影響をかならず受けるわけか。ひとつがだめならべつのやりかたで。なぜなら、正常な状態にあれば、幻覚がもう一度生じるのを待つはずがないではないか？

全力で精神混乱と戦う……すると、ふいに明瞭な思考がもどってきた。

宇宙船が三光分の境界に到達するまでは……

ネガティヴなプシオン力が洪水さながらに降りかかってきた。計画脳のはたらきはすっかり不規則になっている。計画脳の機能を、通常脳でまかなえるところまで全力をふりしぼっておさえこむ。

しかし、〝丸太〟に接近するにつれて通常脳の能力が衰えていった……ふいにかれの周囲は透けるほど薄い黒色のヴェールにつつまれた。今回は司令室全体が多量のヴェールに満たされた。

ハルト人は咽頭を大きく開いて憤怒のうなり声を出す。テラの夏の嵐のときの雷鳴を思わせる声。かれの怒りは黒いヴェールに向けられた。威嚇《いかく》と神秘のオーラがそこから出ていると感じたからだ。空調システムの通気は最小限なのに、オーラはさわやかなそよ風のように移動している。

トロトの憤怒に驚いたのだろうか。ヴェールのそよぎは強まり、それからすっと消えた。すくなくとも、かれはそう受けとめた。ほんの一瞬、船載コンピュータ上部の、コーティングされた壁の操作盤にもぐりこんだような印象を受けたけれども。

イホ・トロトは、自分を制御できなくなりつつあることに気づいた。いますぐUターンしなければ。そのためには、緊急ボタンを押す必要がある。かれは右の作業アームを伸ばした。

だが、プシオン圧力にすでに圧倒されていた。

不規則になった計画脳の機能をおさえるのすら苦労する状態だ。目の前で多彩な光がちらちら踊りはじめた。映像スクリーンやデータ・ディスプレイの表示は読めない。宇宙船が横転したように思えた。

「探知した座標に向かって飛べ！」うつろな叫び声が聞こえてきた。

全周ギャラリーとトロトのあいだに、グリーンの波状装甲スキンを持つ巨漢が幻のようにあらわれた。ハルト人より身長が一メートル高い。

グリーンのけだもの！

M－87のペレヴォン。中枢部の設計者たち、つまりもつれた物質放射を持つ、はるかかなたの球状銀河の擁護者たちの仇敵《きゅうてき》。

同時に、トロトの兄弟でもある。ペレヴォンとハルト人は同じ祖先を持つからだ。

トロトは鋭い叫び声をあげた。すると、かれの精神はプシオン圧力の混乱させるネガティヴ影響力から、数秒間だけ自由になった。

短いタイムスパンだが、緊急ボタンを見つけて押すことができた。かれの意識は、すぐにまた暗黒につつまれた。

どこか遠くからカットクの声が聞こえてきた。だが、内容は理解できない。

しばらくして、いきなりという感じで明白な思考がもどった。計画脳と通常脳は非の打ちどころなく機能している。幻覚は消えた。

「じつに大変だった！」トロトはあえぐ。

しばらく耳をそばだてていたが、やがて、おや？　と思った。

「きみのコメントを待ってるんだが、カットク？」

だが、船載コンピュータは沈黙したまま、制御盤の発光フィールドだけがめまぐるしく点滅している。

「今回はきみでさえ言葉を失ったのか？」ハルト人は首をかしげた。

オートパイロットの計測値をチェックする。二度めの接近飛行作戦で、《ハルタ》は〝丸太〟に二光分半まで接近したらしい。いまは十七光分の距離にある。

イホ・トロトは弾《はず》みをつけて成型シートから跳びあがり、階下のラボ・セクターに向かった。すぐに計測・探知データをチェックする。今回得られたデータは、前回の十倍。おおざっぱな評価は見あわせることにする。なにかに利用するには時間がかかりすぎるからだ。

かわりにサンプルをひとつ選ぶ。

え？　まさか。とっさに思う。該当するデータ・ディスプレイ一面に多数の座標が表示されている。それらのシンボルや数字は、宙航活動を営み高度な文明を有するM-87の共通語である中枢部言語だったのだ。

「探知した座標に向かって飛べ」ハルト人は、プシオン圧力の影響下で受けとったメッセージを頭のなかでくりかえす。

このメッセージもやはり中枢部言語だったことに、かれはふと気がついた。つまり、幻覚ではなかったことが、瞬間的に明らかになった。

かれは即座に反応した。

計画脳が全座標を完全に記録する。すぐさま上階の司令室に行き、次にするべきことを考えた。

〝丸太〟にこれ以上接近するのはリスクが大きすぎる。精神に異常をきたせば、せっかく得た情報を利用できなくなってしまうだろう。

《ハルタ》の球型搭載艇をリモートコントロールで〝丸太〟に接近させ、計測・探知データをさらに収集するのがいちばんよさそうだ。搭載艇は、ドーム形司令室のうしろにある巨大なエンジン・セクション上部にフランジ固定されている。データ収集がすんだら、惑星サバルにもどって情報全体を評価すればいい。

そこまで考えたとき、かれはぎょっとした。非現実的な状況におちいっていることに気づいたからだ。

かれはいま、NGZ四四五年を実際に生きているのではなく、当時の時間と〝丸太〟接近飛行作戦の記憶をたどっているにすぎない……すでに、タルカン宇宙からやってきた巨大宇宙船《ナルガ・プウル》にほかならないことはわかっていた……ところが、いつしか記憶は分裂し……たったひとつの出来ごとから、平行に進行するふたつの異なる記憶となった。

トロトは、恐怖にかられて戦いの叫び声をあげた。われにかえったとき、ほかの知性体六名といっしょにいたのだった。《ハルタ》はブラックホールの特異点の下方にある非現実に〝漂流して〟いた……

2　偵察者

「ここはどこだ？」イホ・トロトはつっかえながらいった。わけがわからなかった。

かれの問いかけのまなざしは、ペリー・ローダンからレジナルド・ブルに移動する。ふたりの表情は真剣そのものだ。その顔は死を予測する者のように蒼白い。

トロトの視線は、エイレーネに移動する。ペリーとゲシールの娘は口を軽く開いてなにかいいたげだが、無言のままじっとシートにすわっている。

視線はさらに移動して、グッキーとベオドゥをとらえた。ならんで床にすわる両者を見て、〝子供のようだ！〟と感じた。

わりと気楽なようすなのは、惑星ブガクリスの〝蛮人〟、コヴァル・インガードだけ。知識がたりないために、《ハルタ》外側の虚無に対して言葉を失うほどの恐怖を認識できないのだ。かれの意識にとってだいじなのは、理解できることだけ。みんなが生きている、司令室内が明るい、空調装置がきちんとはたらいている、ボタン操作だけで自動供給装置から飲食物が供給される、といったこと。たったいま受けとったように。

「どなるとガチョウみたいですね」轟くような声がした。インターコスモだ。〈わたしの声か!〉ハルト人は、はっとした。〈いや、わたしの声の模倣だ!〉

「カットク!」と、大声で呼びかける。ほっとすると同時にいぶかしく思った。「最後の〝丸太〟接近飛行作戦のあと、まるで死んだみたいに黙っていたのは、なぜだ?」

「カットクではありません」船載コンピュータが応じる。「タラヴァトスです! ペリー・ローダンがわたしをそう名づけ……あなたも同意したではありませんか、トロトス」

だれかが小声で笑った。

声の主《ぬし》がペリー・ローダンであることに気づいて、驚いた。出口の見つからない状況と知りながら、テラナーはほんとうにおもしろがっているらしい。

「すまんな、友よ!」ハルト人の驚く顔を見て、ローダンは詫びた。「すこし前、《ハルタ》の船載コンピュータに新しい名をあたえた理由を説明したとき、きみは笑った。そのときのことを思いだした」そこで真顔になる。「自分がどこにいたか、知りたいだろう、トロトス。身体的にはずっとわれわれとともに、ここにいた。だが、精神的には、大きく過去にさかのぼっていた。正確にはＮＧＺ四四五年」

「つまり、からだはずっとここにいたわけか」トロトは考え深く思いを口にする。「いや、きみの言葉を疑っているわけじゃない、ローダノス」テラナーが眉根をよせたのを見て、トロトは説明する。「ただ、妙な気がする。〝丸太〟付近での出来ごとについての記憶が、それから七百年後の記憶とちがっていたからだ」

「まさか、それはあるまい」レジナルド・ブルが口をさしはさむ。

「われわれの意識内のプロセスは、どのような制限も受けない」ローダンはいい、ふたたびハルト人に向きなおる。「相違点はなんだ？」

「黒いヴェールの記憶だ」トロトが応じる。くぐもった声だ。「はじめてだった。〝丸太〟ミッションの直後には、そんな記憶はなかった。あのときは、あそこで起きたことをすべておぼえていると確信していたのに。いまもなお、ヴェール状構造物をほんとうに見たのかどうか、疑わしい気がする。そんなものは存在しないんじゃないか、と」

「いや、存在する」ローダンは真顔で応じる。「わたし自身は見ていない。だが、アトランが描写したものは、きみが記憶のなかで表現したのとそっくりだった。つまり、トルルタルのしわざにちがいあるまい。高度に発達したプシオン能力を持つ知性体。一種の凝集体で、テクノ寄生体として生息する。タルカン宇宙と、隣接する諸宇宙のあいだにある非物質障壁との接触によって発生し、非常に長い進化プロセスをとおして大きく変化をとげた。アトランの大昔の報告でも、《ナルガ・プウル》船内、つまり〝丸太〟内部にもトルルタルのコロニーがあったとか」

トロトの赤い目がギロッと光る。

「〝丸太〟内部」大声でくりかえした。「では、そのような生物がわが宇宙船にやってきた可能性もあるわけか。高度に発達したプシオン能力を持つなら、なんでもできるってことになる」

ドーム形の頭をくるりとまわす。コーティングされた壁の操作盤の、船載コンピュータが存在する個所に三つの目が向けられた。

「それについてのきみの意見を聞かせてもらおう、タラヴァトス？」尋問口調だ。

「意見といわれても！」船載コンピュータが応じる。「あなたの任務をすこしばかり軽減するためのシンプルかつ単純な装置にすぎないので」

トロトは歯をすりあわせる。石であろうと金属であろうと、なんなく噛み砕いてしまう強力な歯。

「ねこかぶりめ！」コンピュータにどなりつける。「無能なふりはいいかげんにしてくれ！　キッチンマシンのような単純な装置とはちがうんだから。ハルト船にこれまで搭載されたなかでも、このうえなく巧妙かつ狡猾《こうかつ》でやんちゃなシロモノのくせに」

「それはわかってます！」コンピュータは生意気に応じる。

「ふてぶてしい口をきくじゃないか」トロトがどなりつける。「いいか！　きみを食事がわりにすることもできるんだぞ。そうすれば、すくなくともなんらかの役にたつというもの」

「待ってください！」コンピュータが泣きそうな声を出す。作業アームをひろげたトロトが、からだを左右に揺らしながら近よってきたから。「嚙まれない状態のほうが、わたしは役にたつと思います、トロトス」

トロトは目の前で立ちどまった。

「証明しろ！　いますぐ！」

「そのつもりです」タラヴァトスは説明する。「わたしにいえるのは、いつの日かこの虚無からぬけだして、ふたたびどこかに出現したいというあなたの希望はまちがっていない。七百年前のことを考えてください。ミモト星系のブラックホールの事象の地平線の下に消えたとき、やはり虚無のなかにはまったでしょう」

「それについては、よくおぼえていない」と、ハルト人。「ミモトの宝石かなにかじゃなかったか？」

「そうです」と、コンピュータ。「ほんとうにそれ以外おぼえていないんですか？」

「わずかしか」トロトは考えながら応じる。「わたしの思考が正しいとすれば、可能性はひとつ、プシオン力の影響を受けた。でなければ、体験したことすべてを計画脳が保存しているはず」

「すべて保存されているはずです、トロトス」コンピュータは断言する。「うまくアクセスできないようですが。もうひとつ、確実に知っていることがあります。ミモト・ブラックホールの事象の地平線の下にはまって数時間後に微小宇宙を発見しましたが、その守護者が、のちにブラック・スターロードと、べつの一ブラックホールを通ってわれわれをアインシュタイン空間に移送してくれました。いまわれわれのいる虚無からも、いつか脱出できるでしょう」

「帰りの旅のことはよくおぼえている」トロトがとげとげしい声でいった。「ブラック・スターロードを移送されているあいだに数百年が経過したことも」

「正確には、われわれが移送されたのは、百九十二年後の未来でした」タラヴァトスが受けかえす。

　ローダンの顔からまたしても血《ち》の気《け》が引く。

「百九十二年後の未来か」抑揚のない声でいう。「停滞フィールドで六百九十五年を失ったというのに、さらに数百年がなくなるのか。しかも、われわれとともに時間跳躍にまきこまれた同行者たちとはなればなれに」

「それでも、やってくる運命をそのまま受け入れるしかなさそうね」エイレーネが言葉をさしはさむ。「もっと先の未来に行ったら、ママにまた会えるかも」

いい終わると同時に父に歩みよる。ペリーは娘を抱擁して髪をなでる。ゲシールがどうなったかと考えると胸が痛んだ。

「なにもかも、またよくなるさ！」イホ・トロトは気持ちを察して声を張りあげた。

「暗いことを考えるのはもうやめてくれ、子供たち！　わたしは気持ちを集中させて、過去にあったことを思いだしてみる。きみたちとべつべつになってからのことを報告したい。〝丸太〟のそばでの出来ごとと同じくうまく思いだせるといいが」

「自身をトランス状態に置く必要があります、トロトス」船載コンピュータがいった。

「ほかに方法はありません」

「前もそうだった、ちがうか？」ハルト人がたずねる。

「たしかに」ブリーはにんまりした。「精神的にもぬけの殻の状態なのに、〝丸太〟付近で体験したことを描写してくれたよ。いっしょに体験している気になるくらいいきいきとね」

「ほんとか？」トロトは驚く。

気持ちを集中させてから、しょんぼりとほとんど小声で説明する。

「どういうわけか今回はトランス状態にどうやっても入れない！」

「わたしのほうに身をかがめてください、トロトス！」船載コンピュータがもとめる。

トロトはいわれたとおりにした。

船載コンピュータが発したのはひとことだけ。だが、効きめは充分だった。トロトはすぐに忘れてしまったとしても。

うしろ向きに成型シートに歩みより、身を沈めた。目を閉じて、ふたたび遠い過去に入っていく。

六百九十八年をさかのぼって……

＊

NGZ四四六年一月二日。ネットウォーカー船に乗るイホ・トロトは、アブサンタ＝シャドからアブサンタ＝ゴム銀河への宙航の途上にあった。

目標は、〝丸太〟付近で《ハルタ》のデータ記憶装置に送られてきた座標。どのような方法で転送されたのか、いまだにわからないそれらの座標は、四次元時空連続体内部の一点と一致する……惑星サバルでのデータ評価により、点はアブサンタ＝ゴム銀河辺縁部にあることが判明した。

ハルト人はこれまでネットウォーカーとしての義務に追われており、〝丸太〟ミッションから二カ月近くたったいまになって、やっと当件を調査する時間ができた。いや、正直なところ、これまで時間をとりたくなかったから、ほかのネットウォーカーが担当するはずのミッションを買ってでたのだ、と内心では認めていた。

アブサンタ＝シャドとアブサンタ＝ゴムの両銀河が重なりあう宇宙セクターまでやってきた。トロトは見たところいつもと変わらない。おちつきはらって位置確認をすませると、プシオン・ネットをチェックして、アブサンタ＝ゴムの〝反対側〟に位置する目標点へうまく到達する接続を探す。それがなんなのか、まだわからない。宇宙空間にある架空の点。一星系か、暗黒惑星か、それとも絶滅種族が建設した太古の宇宙ステーションか。

外面とは裏腹に、内心は冷静とはほど遠かった。この座標はヴィルゴ銀河群内のM-87銀河や、全ハルト人の祖先であるけだものたちと関係があるのではないか、と踏んでいたから……M-87やけだものたちのことを考えただけで、いやな気分になる。千六百年前にペリー・ローダン、アトラン、ファンカン・タイクやほかの同行者たちと体験したことが思い浮かぶから。

自分やハルト人のパートナーたちにとって、胸の躍る衝動洗濯の一部でしかなかったのに。悪夢のような自分たちの出自を何度も見せつけられることになって、ときどき胸の底をしめつけられた。善良な心を持っているのに、M-87ではほんもののけだものたちに劣らず忌み嫌われたのだから。

だが、気おくれをなんとか克服する。位置確認がすむのを待って、《ハルタ》をプシオン・フィールドに導く。ここから目標に到達できるはず。

たえず揺れたりそれたりしながら走るグリーンの〝光軌道〟から、感情的距離をたもってようすを眺める。時間的・空間的にゆがんで見える星々、宇宙塵、ブラックホール、異なる次元から次々と飛びこんでくる発光現象やエネルギー・フィールド。

一日もかからずアブサンタ＝ゴム銀河を横断し、〝自分の〟プシオン・フィールドをあとにする。純計算による座標点のすぐそばに達した。《ハルタ》が通常空間にもどったのは、渦状肢の外縁部だった。そこは何光年も先まで暗黒物質だけで構成されていた。

あらたなデータ計算から、目標とする座標点は渦状肢の黒い宇宙物質からなる壁の手前であることがわかった。船載探知装置によって、その位置に白色矮星《わいせい》が検知された。コースをセットし、メタグラヴ・エンジンでのこりの距離を進む。白色矮星の数光時手前でふたたび通常空間にもどった。

探知によると、七つの惑星を持つ星系内にやってきたらしい。いちばん内側の惑星ふたつは、焼け焦《こ》げた燃えかすの塊りにすぎない。この星系の恒星は、水素を消費しつくしたのち赤色巨星と化し、内側の惑星をのみこんでしまったのだろう。数十億年後、連続する熱核反応に恒星がついていけなくなると、物質塊は崩壊して白色矮星となった。そこであらたに熱核反応が起きるが、融合プロセスは外殻の薄い表面にかぎられた。

一天文ユニットよりやや長い距離で公転する第三惑星は、赤色巨星段階を乗りきった。熱によるダメージは受けたが、大気圏を吹き飛ばして大洋を焼き焦がすほどの強さではなかった。

それでも、過熱により水蒸気を多くふくむ大気によって、惑星地殻に閉じこめられた炭素のかなりの量が解放され、大気中の酸素と結びついて二酸化炭素、つまり温室効果ガスが生じた。

　探知装置および分光計の計測によると、惑星大気中の二酸化炭素は、悪評高い温室効果を発揮するのに充分な濃度であることをしめしている。このケースでは、温室効果ガスはサヴァイヴァル・ファクターの役割をはたしたことになる。二酸化炭素濃度がもっと低ければ、赤色巨星が白色矮星に変遷したのち、大気温度は火星くらいに下がったはず。白色矮星からくるあたたかい放射を、温室効果ガスが受けとめて、惑星表面を生息しやすい温度にたもち、水が液体として表面に存在できるくらいの圧力を維持している。つまり、第三惑星には生物がいると考えていい。知性体が存在する可能性もあるだろう。

　送られてきたのがまさにこの惑星の座標だったことと、なんらかの関係があるのか。だが、それについては筋のとおった説明もなければ、仮説も見つからなかった。

　イホ・トロトは、これまでの長い人生でたびたび願いもしない危険な目にあってきた。それゆえ危険を回避する手段があるのであれば、それをいとわなかった。《ハルタ》で直接第三惑星に向かわず、搭載艇を出すことにしたのもそのためだ。オートパイロットを調査飛行にプログラミングして、リモート操作でスタートさせる。かれの乗るネットウォーカー船は、目標から二十光分の比較的安全な位置をたもつ。

搭載艇に宙航士が乗っていれば見るはずの光景が、スクリーンにうつしだされた。直径十五メートルの球型搭載艇は、エネルプシ・エンジンやメタグラヴ・エンジンを持たない。そのため、グラヴォ・エンジンを利用して光速以下で目標に向かっていく。四十分後、球型船は第三惑星を周回する楕円軌道に入った。惑星にもっとも接近する段階で大きく加速する。この方法により、最適な速度で惑星表面をスキャンしていく。オートパイロットは一分のくるいもなく軌道を進み、惑星は自転する。そのため表面はしだいにくまなく走査された。

　惑星の状況はかなり精確に把握できた。四つの大陸の地表はすべて植物の厚い層でおおわれ、海洋の上部には藻がびっしりと繁茂している。大気中の二酸化炭素濃度が高く、そこから生じる温室効果によるものだろう。

　密生する植物が充分すぎるほどの酸素を生成しているにもかかわらず、搭載艇の探知装置は動物が存在するしるしを発見できなかった。生物が存在しない決め手にはならないが、すくなくとも高度に発達した生物はいないらしい。

　有機知性体はいないということ。

　これまでずっとそうだったとはかぎらないが、何百万年もその状態がつづいたことはまちがいあるまい。第三惑星にかつて文明があったとすれば、かなり昔に没落したのだろう。見捨てられた諸都市を植物界がとりもどして生い茂り、しだいにすべてを破壊するくらいに。

　では、この惑星でなにを見つけろと？

　発見すべきものは、いずれにしてもM‐87と関係があるはず。イホ・トロトがそう確信したとき、搭載艇の探知機が難破船を発見した。

　それは、見たことのないタイプの宇宙船の残骸だった。一見したところ、文明の技術発達の早期段階におけるある道具を巨大化したモデルのように思われた。海岸に着陸するとき、海洋から切りたつ岩壁にぶつかってまっぷたつに割れたためらしい。幅ひろいエンジン末端部があったので、すぐに船尾だとわかった。前のほうに船腹の一部がかろうじてついている。まるい船腹は左右に突出し、幅は二百メートルと、エンジン・セクションより五十メートルひろい。

　岩壁の反対側にころがっている宇宙船前部は後部より細いつくりだ。船首は幅百メートル、高さ三十メートルとスマートで、ビーム兵器による大きな損傷がみられる。

　発見物をどう評価したらいいのか、わからなかった。あたえられた座標に行けば、M‐87のけだものたちのシュプールが見つかるだろう、と内心予測していた。だが、ペリー・ローダンとともにM‐87を訪れたとき、けだものたちが使っていたのはシリンダー船だった。トロトが理解に苦しむのは、何千年も使って性能のよさがわかっているタイプを放棄して、それより機能の劣るべつのタイプの宇宙船をとり入れたのはなぜかということ。

「難破船はいつからここにある？」考えを口にする。

「三十年前からです」船載ポジトロニクスが自主的に応じる。「エンジン反応炉の残留放射から計算しました。ついでながら、作動中の弱いエネルギー源が船体中部に存在します。さらに情報を得るためには、搭載艇を接近させる必要があります」

「どのくらい？」トロトはたずねる。

「すくなくとも五十キロメートルまで」カットクが応じる。「エネルギー源は非常によく遮蔽《しゃへい》されていて、はなれた場所からでは作動目的を探りだせないので」

「よかろう」と、トロト。「搭載艇のリモート操作をたのむ。軌道から出て大気圏内に誘導するんだ。ただしパラトロン・バリアをオンにして、搭載艇の軽トランスフォーム砲二基をスタンバイに！」

「相手は墜落した宇宙船の残骸ですよ、トロトス！」コンピュータが異議をさしはさむ。

「難破船から砲撃を受けたことがあるんだ……しかも、すれすれどころではなかった」ハルト人は辛辣《しんらつ》にいいかえす。「用心は……」

「……磁器用ケースの母」カットクが補完する。

トロトはがははと笑い、すぐに声をとめた。精神を極度に集中させて、搭載艇の監視・探知システムの受けとるデータを観察する。パラトロン・バリアが作動すると、搭載艇は減速した。惑星大気圏に降下するためだ。

高度がさがるにつれて、惑星表面の細部がしだいに見えてきた。陸塊はダークグリーンでおおわれている。かたちが均一なので、おそらく一種類の植物が支配的なのだろう。

搭載艇は大洋の岸に向かって進む。植生が終わったところから、赤褐色の砂と赤い多孔質の岩が百メートルの幅で海までつづいている。石鹸水《せっけんすい》のように泡だつおだやかな波がよせては、海岸を洗うように引いていく。難破船があるのは、海岸から三百メートルはなれた、同じ赤い岩からなる岩壁だ。海がそのあいだをへだてている。

「四秒半後に、対象物から五十キロメートルの距離に達します」カットクが報告する。

「もうすこし高度を落としてはどうでしょうか。エネルギー源の位置を探知機がとらえました。湾曲した船体中部の左舷にあります。使用目的をつきとめるには、もっと接近しなければ」

「よし！」トロトが応じる。「搭載艇を必要最小限まで接近させろ！」

船載コンピュータは指示を実行する。

一分半後、コンピュータが報告する。「医療用ハイバネーション・タンクのエネルギー供給源です。消費量から判断して、百名からなるテラナー・チームの三分の一が人工冬眠状態にたもたれています……あるいは、肥満型ハルト人一名」

けだもの一名か！　トロトの頭に瞬間的にひらめいた。

「搭載艇をすぐにUターンさせ、即刻帰還させろ！」かれは声を張りあげた。

「詳細を探りだす前にミッション中止ですか？」船載コンピュータがとがめる口調でたずねる。

「ばかな！」トロトは叱咤《しった》した。「《ハルタ》で第三惑星まで行き、わたしが搭載艇で難破船のそばに降下する。《ハルタ》は安定軌道にとどまり、わたしの安全を監視するのだ」

*

イホ・トロトは不格好な成型シートに腰をおろす。搭載艇上部にある司令室は、透明なドームになっている。内部は成型シートでほぼいっぱいだ。

搭載艇をマニュアル操作し、難破船のある海岸地域のそばの海洋上を、水面すれすれの低空で移動させていく。スチールブルーの空に見えるまぶしい白い点は白色矮星だ。地平線付近に雲が白い山脈のようにそびえ、生い茂る海藻の巨大な絨毯《じゅうたん》が海の長いうねりに揺れている。

ハルト人は、ときどき小型スクリーンに視線を向けた。《ハルタ》の探知シルエットの映像。ネットウォーカー船は、異宇宙船残骸の真上の安定軌道に〝停泊〟し、高性能探知システムで球型搭載艇を監視している。搭載艇になんらかの危険があれば、カットクがネットウォーカー船にそなわる重兵器で効果的に攻撃するはずだ。

それでもなお、球型船のパラトロン・バリアを作動させる。難破船はM‐87のけだものに属する可能性がある。つまり、最高の安全対策をこうじて当然だ。

数分後、地平線に大陸の黒いラインがあらわれた……まもなく、泡だつ波が透明なドームをとおして肉眼で見えた。三百メートル手前に赤い岩壁が海から突出している。岩壁に〝串刺し〟にされた難破船は、すこし想像力をはたらかせれば、テラの中世に建てられた騎士の城に見えなくもない。

岩壁を大きく迂回して搭載艇を進め、海岸線の赤褐色の砂の上に停止させた。多孔質の岩がところどころ瘤《こぶ》のように突きでている。

ハルト人は、巨軀の上についたドーム形の頭を回転させる。赤く光る三つの目が周囲のようすを鋭く詳細に観察する。パラトロン・バリアはまだ作動中だ。十分が経過。探知システムは危険をいっさい発見せず、ハルト人の目も脅威となるものを見いださなかったので、プロジェクターをオフにした。

しばらくのあいだ、大波の単調なうなりと、ジャングルのように生い茂った植物のてっぺんを風がなでる音に耳をかたむけた。海岸線の先に大陸全体にわたってひろがる植物相。ダークグリーンの壁さながらに威嚇的にそびえ立つ。

だが、ジャングルは自然なもののようだ。ハルト人のような体格の知性体が脅威に感じるものではない。脅威となりうるものがあるとすれば、けだものたちの難破船だが、いまのところ問題あるまい。残骸の武器システムや探知システム、エンジン・セクションへのエネルギー流入を搭載艇の探知機が近距離から調査し、絶対的確実にゼロ、と判断した。唯一作動中のエネルギー源は医療用ハイバネーション・タンクの供給装置だ。

難破船にのこるたった一名のけだものが医療用ハイバネーション・タンクにいるのはなぜだろうか。イホ・トロトは頭をひねった。精密探知により、宇宙船が破裂したのは約三十年前と確認された。唯一の生きのこりが重傷を負い、生命維持および再生のためにタンクのところに行ったのか。だが、どれほど重傷の有機体でも、医療用ハイバネーション・タンクならかならず一年以内に再生できるはず。

このタイムスパンののち、タンクから出て搭載艇のスタート準備をするか、遭難を知らせる交信をしなかったのはなぜか……それが不可能なら……惑星上で生活環境をととのえなかったのはなぜなのか？

待つのはやめて、真実をつきとめることにする。搭載艇の分析装置によると、惑星の大気成分は申し分ないらしい。酸素を充分にふくみ、危険な細菌は存在しない。ハルト人は一定時間なら酸素なしで、いやさらには真空の宇宙空間でも生存できる。それでも呼吸可能な大気圏は快適に感じられる。

搭載艇上部のドームをスライドさせ、赤い戦闘服背部にそなわる多目的背嚢《はいのう》のグラヴォ・パックをオンにして外に出た。ヘルメットを開けたまま、塩分とヨードをふくむ海風を吸いこみ、ゆっくりと宇宙船の残骸に向かって飛行する。インパルス・モードにセットしたコンビ銃をいつでも発射できるようかまえたままで。

宇宙船が破裂した岩壁の下部で停止する。このときには、まず危険はあるまいと踏んでいた。難破船の防衛システムが完璧に機能していれば、未知者をここまで接近させたはずはないのだから。それに、なんらかのエネルギー活動が発生すれば、探知機がすぐに検知して知らせたはず。

左舷側のまるい船体部に、閉じた円形ハッチが六つある。ハルト人は思慮深く観察する。搭載艇格納庫の外側エアロックなのだろう。その真下に、太く短い着陸脚が一対ついている。船体後部に、乗員および貨物用の大きなエアロックがある。

こちらのエアロックも閉じている。こじ開けるのはいまのところさしおいて、残骸の切断部に向かった。予測どおり、そこから宇宙船内のようすが見えた。

搭載艇の小型ポジトロニクスとコンタクトして、医療用ハイバネーション・タンクはどちらの方向にあるかを確認させると、一通廊におりて徒歩で進む。

コンビ銃の銃身をぐいとあげる。通廊のカーブにきたとき、目の前にロボットがあらわれたのだ。

だが、二本の円柱脚にささえられた高さ三メートルのマシンは動かない。マシンのシステムは作動停止状態らしい。トロトが押すとかたむき、轟音《ごうおん》をたてて床にくずれた。

ハルト人は大声で笑い、先に進んでいく。

笑い声がふいにとまった。十秒ほど進んだとき、ロボット三体が目にとまった。最初のと同じ姿勢で立っている。

なるほど。かれらは立っていたから、宇宙船が衝突したとき、完全な機能不全におちいるほどひどいダメージを受けなかったわけか。

直立状態だったおかげで、衝突で故障することはなかった。医療用ハイバネーション・タンクまで行った者がだれであったにしろ、ロボットを機能停止にしなかった。つまり、自己防衛不能にはしなかった。

ということは、機能しないのはほかの原因があるわけか。

けだものの宇宙船にそなわる戦闘用ロボットを〝無力化〟できたものであれば、自分にとっても脅威となりかねない……

＊

イホ・トロトは瞬間的に反応した。意志インパルスで構造転換をおこない、からだの原子と分子の構築を、テルコニット鋼の強度まで変化させた。

同時に戦闘服の防護ヘルメットを閉じる。

だが、すべては遅すぎた。

なにかしら異物が体内に入りこむのを感じた。神経ラインをブロックしてくる。体構造を硬化させていたときだ。未知者はそれで行動不能になり、同時に正体をあらわした。

だが、猶予期間をあたえられたにすぎないことを、トロトは理解していた。体構造を通常にすれば、未知者は行動力をとりもどす。そうなると神経ラインをブロックされて麻痺してしまう。一命はとりとめるかもしれない。だが、メタボリズムが機能しなければ、いずれは死が訪れる……おそらくロボットの脳の有機コンポーネントが壊死《えし》したように。

医療用ハイバネーション・タンクを訪れたけだものが、そこから出てこなかった理由がやっとわかった。まにあううちに、迫りくる危険を感じとったにちがいない。タンク内が唯一の避難所なのかもしれない。

敵はだれだ？

考えられるのは微生物。おそらく植物胞子か。トロトは心のうちで、白色矮星の第三惑星を〝キラー惑星〟と名づけた。死の舞台は惑星の植物相にちがいないと感じたからだ。個々の植物どうしの死の戦いがたえまなくくりひろげられてきたのだろう。そのために動物界が死滅した可能性もある。動物界がかつて存在した場合だが。

そのような可能性を前もって考慮しなかったことが腹だたしくてならない。細心の注意をはらったつもりだったのに、死の罠にはまってしまった。逃げ道はあるまい。

いや、可能性はひとつ。

医療用ハイバネーション・タンクに到達できれば、宇宙医療薬品が敵を退治してくれるのではないか。タンクの外には、戦うためのかぎられた方法しかない。いや、あらたな攻撃を受ける危険につねにさらされることになる。

ここまで考えると、もはや一瞬の迷いもなく行動を起こした。体構造の硬度がゆるまないよう慎重に、医療用ハイバネーション・タンクのある方向にゆっくりと進む。

それは数分後に見つかった。予想どおり完全に密閉されている。だが、ハルト人の体格を持つ生物が手動でこじ開ければ、なんとかなるだろう。

装甲扉が開くと、まぶしい光と鋭い放射が降り注《そそ》いだ。トロトは一時的に視覚と聴覚を失った。それでも迷うことなくシリンダー形タンクにからだを押しこむ。かれの作業アームと走行アームが、すでにタンク内にあったからだをわきにどける。かれ自身より大きく、引きしまったからだを持つ生物だ。

トロトは全身をタンクに押しこめた。装甲扉が閉じると、照明はおだやかになった。視力がもどると、もう一方の〝住民〟を見やる。身長四・五メートルと、トロトより一メートル高い巨軀。グリーンの波状装甲スキンを持つ。

ペレヴォン！

ペレヴォンは、Ｍ‐８７の多数種族であるけだものたちに属し、中枢部の設計者たちにとってもっとも恐るべき敵。すくなくとも、あのときはそうだった。イホ・トロトが紀元二四三六年にファンカン・タイクやペリー・ローダン、《クレストⅣ》の乗員たちとＭ‐８７に漂着したときには。

横にいるペレヴォンが襲ってくる、つまり生死をかけた戦いになる、とハルト人は覚悟した。だが、相手は動かない。どうやら意識を失っているらしい。

自分自身が快復する前に相手の意識がもどらないことを内心願う。医療用ハイバネーション・タンクの薬剤が効いて、ほんとうに敵から解放されたかった。

助かるためには、体構造の硬度をさげる必要がある。だが、それによって敵は行動力をとりもどすから……すばやく始末しなければ、こっちがやられる。

アルファ線、ベータ線、ガンマ線が強まって膨《ふく》らみ、〝嵐〟を引き起こす。有機体がここにまきこまれれば、あっという間にひとたまりもなく破壊するだろう。このような放射線の爆撃につかのまとはいえ無傷で耐えられるのは、ハルト人のほかには、ハルト人と遺伝的に近い関係にある種族しかいない。

放射が徐々におさまるとともに暗闇が訪れた。トロトの精神はハイバネーションの攪乱のなかに沈んでいく。ほんの一瞬、逆らおうとして、すぐにやめた。敵がくたばって、かれが敵から受けた損傷が癒されたら、タンクはすぐに休眠状態から解いてくれるとわかっていたから。

暗闇のなかに沈んでいく。

そして、ある夢を見た……

＊

「偵察員ポタルウと特務グループ！」ヤンヨク和平要塞の広大な謁見ホールに声が響きわたった。

装甲扉が勢いよく開く。ポタルウが十一名のスペシャリストたちをしたがえて入室し、背後に浮遊するポヴァリスロング王の王座に向かってどしどしと進んでいく。甲冑《かっちゅう》をつけた王宮警護部隊の一群が、一メートルの高さで浮遊する王座をかこんでいる。ポタルウとスペシャリストたちは、かれらの数メートル手前で立ちどまった。天井にとりつけられた半球形の照明を受けて粘土色の戦闘服とグリーンの波状の皮膚がぎらぎらと光る。

ポタルウは右の作業アームをこぶしに握り、左肩にあてた。「われら、死を賭して奉仕する覚悟です、国王よ！」おごそかにいう。

ポヴァリスロング王の姿は動かず、咽頭だけが開いた。

「エスタルトゥ帝国に行き、ジェット流に守られた宝石であるドルイソラ銀河のことで、プテルスおよび永遠の戦士たちがどんな計画をたてているか、探りだすこと！　情報をヤンヨクに持ち帰ってくれ！　われわれ、それによって敵の計画を阻止する。必要とあれば、この目的のために死ぬがいい！　中枢部の設計者たちは生きのびるべきだ！」

「かれらは生きのび……陛下が統治する！」ポタルウがいい……スペシャリストたちが唱和する。

　つづいて特務グループの男たちはくるりとうしろを向き、やってきた道をもどっていく。和平要塞を出て、巨大な恒星ヤンガルを背景にそびえる要塞の手前の接舷床に向かう。ここでかれらは輸送機に乗りこみ、ヤンヨク上空の安定軌道上にある遠征船に運ばれていく。

　やがて、遠征船は速度をあげた。ポタルウは、エスタルトゥ帝国へ向けて遠征することになった歴史的背景に思いをはせる。

　ドルイソラが平和になると、産業と文化の復興期が訪れた。ペレヴォンはそこに大きく貢献し、中枢部の設計者たちと密に協力した。

　ダスティ・クイーン星系でカタストロフィが生じたとき、生きのびたペレヴォンはほんの数千名だった。このとき遺伝情報に根本的変異が生じたのは、けだもの種族の子孫にとってプラスになった。

　外見的に見てとれる変化はなかった。運命的となったのは、生殖方法の変化だった。

それまでは雌雄同体で、一名が死ぬと新しい一個体が生まれた。それが、変異によって性が生じた。新世代は男と女からなり、無制限に子供をつくれるようになった。おかげで種族の歴史上はじめて個体数が増加し……種の保存という意味では望ましい……人口激増に発展した。

　変異がどのような効果をもたらしたか、ペレヴォンたちはまったく知らなかったが、それでもみんな大よろこびだった。オケフェノケースが強力に力添えしたらしいと、ときどき噂されたが、噂は噂にすぎない……調査したものはいない。

　新ペレヴォンは平和を好むことがわかり、中枢部の設計者たちからも危険な種族とみなされることはなくなった。そこで球状銀河の統治者は、赤色巨星ヤンガル星系を領地としてあたえた。ペレヴォンたちは第四惑星に定住し、ポヴァリスロング王朝の統治下で繁栄する。かれらの文明は銀河貿易網の一部となり、のちにほかの星系にも植民する。

　ドルイソラ銀河は、パラダイスといえそうなものに発展していったらしい。

　約千五百年前に、このプロセスに影がさすまで。

　エスタルトゥ帝国からの使者ソト＝ポン・トリークが船で球状銀河を訪れ、貴重な技術設備と永遠の戦士崇拝をドルイソラにもたらした。

　しかし、ソトの興味は、故郷銀河の種族と球状銀河の種族との真の商業関係を築くことではなく、じつは恒久的葛藤というかたちの紛争の種をまくことだった。ドルイソラの住民がそのことに気づいたのは、しばらく時間が経過してからだ。

ソトの目的はどのみちかなわなかった。オケフェノケースに怪しげなオファーをするために、〝内空間〟から惑星ポムペオ・ポサルに向かう途中で宇宙船もろとも消えてしまったからだ。ソトは行方不明となり、その運命は解明されなかった。

五十年後、力の集合体エスタルトゥから包括的な使節団がドルイソラにやってきた。永遠の戦士イジャルコルのひきいる使節団は、中枢部の設計者たちと交渉をはじめた。イジャルコルの意図は、ブルー中枢照明を作動停止して球状銀河を完全に武装解除するよう中枢部の設計者たちを説得することだった。ドルイソラのように完全武装した要塞は力の集合体エスタルトゥの十二の銀河にとって恒久的な脅威だからという論拠で。イジャルコルはそのほか、ディメトランス・エンジンを今後宇宙船に搭載しないようもとめた。銀河間遠距離宙航用エンジンは攻撃力が恐ろしく強いからだ。それとひきかえに、ドルイソラが外部から攻撃された場合、いかなる相手であろうとドルイソラを守る、と。

粘り強い交渉ののち、中枢部の設計者たちは紛争のもとをなくすためにディメトランス・エンジンは今後使わないと約束した。永遠の戦士の心づもりに気づかなかったなら、それ以上の犠牲をはらったかもしれない。だが、イジャルコルが新しいソトを球状銀河の統率者にすることでかれらの防衛力を弱体化させるつもりなのを嗅《か》ぎとった。

そこで中枢部の設計者たちは、球状銀河に深く組みこまれた拠点システムおよび要塞システムを縮小するつもりはない、と応じ……さらにブルー中枢照明を作動停止することもはねつけた。イジャルコルは、不満足な交渉結果を力の集合体エスタルトゥに持ち帰るほかなかった。

それから長いあいだ、永遠の戦士たちはまったくコンタクトしてこなかった。あらたなアプローチがあったのは、イジャルコルが去ってから四百五十年後のこと。

永遠の戦士たちが派遣したのは、ソト＝シク・イマーグ。かれが使用したのはディメトランス・エンジンと共通性のある遠距離宙航推進システムを搭載した宇宙船だ。イジャルコルの技術スペシャリストたちは、それまでの四百五十年間にディメトランス・エンジンに探りを入れたが、その秘密を引きだせなかったらしい。技術設備が万端とはいえない宇宙船団はディメトランス・エンジンを利用してドルイソラ銀河内に実体化し、ブルー中枢照明によってすべて破壊された。

こうして、シク・イマーグのミッションははじまるより前に終わった。かれの名前を知ったのは、さらに六百年が経過したのちに球状銀河にわたったソト＝サル・トローグのおかげだ。サル・トローグはこのうえなく慎重な予防対策をこうじたが、それでもなおドゥムフリーとペレヴォンの混合艦隊により潰滅した。中枢部の設計者たちは、永遠の戦士との交渉には意味がないとみなしたらしい。

　それ以来、力の集合体エスタルトゥからの訪問者はないが、球状銀河のエスタルトゥ側の辺縁部にある空虚空間に、たびたび偵察船が出現した。

　その後、中枢部の設計者たちも指をくわえて傍観するのをやめた。ディメトランス・エンジンを今後使用しないという約束は守ったが、かわりにリニア・エンジンを独自に改良して、それまでより寿命のかなり長い、銀河間宙航に適するものにした。

　こうして二百五十年前から、改良エンジンを搭載した新型宇宙船による調査団が力の集合体エスタルトゥに送られるようになった。偵察コマンドは、いわゆるエスタルトゥの奇蹟、十二銀河の知性体、戦争崇拝、ソトたちの統治法について有用な情報を集めた。しかし、ひきかえにダメージもこうむった。

　ポタルウおよび特務グループのやりかたも同様だった。宇宙船でまずアブサンタ＝シャド銀河を縦横に移動して、居住する諸種族と接触し、十年以内に広範囲にわたる諜報網を築いた。

　やがて充分な情報が集まると、近い将来に戦争崇拝によってまたべつのソトが故郷銀河に派遣されると確信した。そこで、かれらはアブサンタ＝ゴムに向かった。

　そのさい、なんらかの隙が生じたらしい。プテルスはかれらの行為についてどこからか嗅ぎとり、かれらが移動しようとしている宇宙セクターを知った。そこで罠をしかけて、強力な軍隊で偵察船を襲撃した。

はげしい戦闘となった。偵察船の戦闘スタンドにビームが命中し、崩壊した。ペレヴォンは全滅した……ポタルウをのぞいて。かれはこのとき、故障した演算素子を交換するために船載ポジトロニクス内部にいた。

ビームがはげしく命中したとき、避難回路が作動した。オートパイロットは全予備エネルギーをエンジンに送りこむ。宇宙船は確実な最高速の二倍以上に加速して、完全に破壊される前に中間空間に移動した。

数段階のリニア飛行でなんとか追っ手をまき、避難所としてアブサンタ＝ゴム銀河辺縁部に位置する白色矮星の第三惑星を見つけた。

しかし、避難所とは名ばかりだった。遭難船が着陸するやいなや、船内は植物胞子に満たされた。ポタルウの神経回路は部分的にブロックされて、快復不能なダメージを受けた。危険に気づいて医療用ハイバネーション・タンクに入ったときにはもう遅かった。宇宙医療剤は植物胞子を退治したが、ポタルウの神経システムが受けたダメージをすべて治癒させられなかった。

医療用ハイバネーション・タンクは、ポタルウを再生させる活動を休みなくおこなった。だが、そのかいはなく、ペレヴォンは〝生きる死体〟として植物のように横たわるだけだった。タンクのポジトロニクスと交信する可能性すらない。それができるなら、機能停止を命じて、すくなくとも死を選べたはずだった。

死体のように横たわっていると、あるときタンクが外側から開かれ、異人が無理やりなかに入ってきた。多量の破壊力を持つ胞子もいっしょに入ってきたが、それらはすぐに死んだ。

タンクのポジトロニクスは、異人を夜の休眠状態に沈めた。異人のふたつの脳は活動をつづけ、ある夢を見た……その夢は、まだ存在していたポタルゥの意識のかけらと溶け合った。

ペレヴォンは、新参者が〝兄弟〟であることに気がついた。そこで、自我に可能なかぎり、ありったけのエネルギーをふりしぼり、〝兄弟〟に伝えた……

*

夢は終わった。

ペレヴォンの意識のかけらがすっかり消えると、イホ・トロトは休眠から目ざめた。自分を兄弟とみなした生物は死んだらしい。

まさに早死にだ。

ポタルゥが報告したのは、M-87の歴史プロセスだった。力の集合体エスタルトゥからやってきたプテルスが、球状銀河を支配して住民たちを恒久的葛藤に引き入れるためにどれだけの力をつくしたかということ。

しかし、報告によるとプテルスのもくろみはすべて失敗した。また、M-87の住民たちも、永遠の戦士たちの意図や可能性に関する情報を集めるために、しばらく前から力の集合体エスタルトゥへの進入をくりかえしていた。

ポタルウの乗っていた宇宙船は罠にはまってひどく損傷したことや、白色矮星の第三惑星に難破船として緊急着陸してからどうなったかということも、報告から知った。

何年も前にポタルウを襲い、いまや自分を襲った敵は、やはり大量の植物胞子だったこともわかった。死を目前にしたポタルウは、トロトに約束させた。M-87を訪れて、戦争崇拝から球状銀河にソトが送られてくることは当面のあいだはない、と中枢部の設計者たちに伝えることを。

そのほか、M-87の赤色巨星ヤンガルへと宙航して、第四惑星ヤンヨクを訪れること。そこでポヴァリスロング王に会い、偵察員ポタルウは任務遂行中に死亡したと伝えることも約束した。

ペレヴォンが〝ミモトの宝石〟に言及しなかったなら、当然守るほかないそのような約束は、おそらくしなかっただろう。ポヴァリスロング王の所有する、権力への鍵、または賢者の石のようなものだという。

心惹かれないわけがない。それに、過去数百年間にM-87で起きたはずの劇的な変化について知りたいという知識欲もある。なによりも心を動かされたのは、かつては和解不能な仇敵だった中枢部の設計者たちと、けだものたちおよびその子孫のあいだに平和と寛容が訪れたということ。

これらすべてが、近い将来にM‐87に行く気になったおもな理由で……できるだけ早く実行しようと心に決めた。

胞子の襲撃で受けたダメージを医療用ハイバネーション・タンクが治癒してくれるならば。ポタルウはだめだったけれど。

それからまもなくして、治癒したことがわかった。タンクのポジトロニクスが音響でコンタクトしてきたのだ。トロトの心の健康状態をテストするため、複雑な質問を投げかけてくる。

ポジトロニクスは、かれが完全に快復したと判断し、タンクから出るようすすめた。戦闘服を密閉した状態で搭載艇にもどり、エアロック内で完全消毒を実行するべきだ、と。

「そうするつもりだ」ハルト人は請け合う。「ただ、ヤンガル星系の座標を伝えることとなくポタルウの意識のかけらが消えたのは悔やまれる。だが、そちらの船載ポジトロニクスには記憶されているはずだ」

トロトはM‐87の中枢部言語でいった。MHTポジトロニクスが使うのはいくぶん変化した中枢部言語だが、トロトの言葉は完全に理解できるらしい。

「船載ポジトロニクスは生体ポジトロニクスです」ＭＨＴポジトロニクスが説明する。「構成要素である生体プラズマは、攻撃性のある植物胞子の犠牲になったはず。船載ロボットたちも同様です。でも、ヤンガル星系の座標は必要ない……いや、いまのところ必要ないと思います。とりあえず内空間に行って、中枢部の設計者たちと話してみてください。かれらからヤンガル星系の座標を聞けると思います」

「もちろんだ」トロトは応じる。

だが、Ｍ‐８７の内空間にまっしぐらに飛び入って中枢部の設計者たちの意のままになるつもりはなかった。球状銀河の統治者とペレヴォンは友好的な関係にあるとポタルウはいったが、トロトとしては、平和というのを鵜呑みにはできない。かつて中枢部の設計者たちがけだものや近親種族にいだいていた不信感や憎悪がいかに深いものだったか、いまもなお記憶にのこっているから。

《クレストⅣ》を、自分イホ・トロトやファンカン・タイクをふくむ乗員もろとも潰滅させようとしたほど、それは深いものだった。ペリー・ローダンと結んだ協定を、最初の機会にまた破るのもいとわないほどに。

そう、トロトはいまもなお中枢部の設計者たちが信用できない……かれらの心と脳がはるか昔の不信感、不安、憎悪にとらわれていないと確信するまでは。

戦闘服のヘルメットを閉じ、システム全体をチェックすると、タンクを開くようポジトロニクスに指示を出す。ポジトロニクスは実行した。

ポタルウの遺体を押しやってタンクから出ると、タンクがふたたび密閉されたことを確認した。なかにいる死者の役にはたたないかもしれないが、植物胞子に見た目の勝利すらあたえる気になれなかった。

偵察船の破損部に向かいながら、自分の内部に耳をかたむける。だが、こんどは異物は侵入していない。もっとも、期待どおりではある。ハルト人の戦闘服は完全密閉だから。

搭載艇でネットウォーカー船にもどると、サバルへの帰路にセットした。

サバルに着いたら、数日で友にメッセージをのこさなければならない。ハルト人の親戚にあたるペレヴォン種族に、過去千五百九十七年間になにがあったのかを知るため、《ハルタ》で力の集合体エスタルトゥを出てＭ‐８７に向かった、ということを……

3　パーリアン

《ハルタ》は光速の数倍でプシオン・ネットを通過していく。ネット内から、万華鏡《まんげきよう》さながらの宇宙が見える。

　くるくると輪舞を踊るヴィルゴ銀河群の三千の銀河たち。多彩にきらめくメドゥーサの大群が、大洋のサンゴ礁のそばをうろうろと移動しているようにも見える。それぞれ二千億から二兆太陽塊を持つ恒星たちの集まった星の島。

　初世代の星々の種子から進化していった、想像を絶するほどたくさんの生命が存在することは、いうまでもあるまい。プシオン・ネットのなかから眺める者にとってもっと想像しがたいのは、これらの銀河内の恒星にも知性体がいて、おのれの存在を意識していること。宇宙の謎について気づきはじめていることではないだろうか。

　ネットウォーカー船の司令室に設置された制御盤のそばの成型シートにすわるイホ・トロト。甲冑の頭部にも似た頭は不動で、黒いごわごわの皮膚がメタリックにきらめく。その巨軀を人類が見たら、非常に深い感情と思考の持ち主とはだれも思うまい。

だが、じつはそのとおりなのだ。

ハルト人は、赤く光る三つの目がとらえる印象を、全感覚を動員して受けとめた。

かれの心は深く感動し、えもいわれぬほど魅了されている。

同じ発展段階にある知性体すべてに共通する憧憬《しょうけい》が、かれの心を満たす。さまざまに異なる現象の背後に宇宙の存在を認識したいという憧憬。

ハルト人の咽頭から低いうなり声が漏れた。いらだちのあらわれだ。自分と同じ発展段階にある知性体には、この認識にいまも将来も到達できないとわかったから。

物質的現象というかたちで宇宙がわれわれに見せてくれるものは、ハルト人や同じ発展段階にある知性体の理解にはおよばない。これを理解するには、もっと先に、もっと高度に発展してべつの生命形態になる必要がある。

そもそも、それほど高度に発展することが知性体に可能ならば！

しかし、イホ・トロトのいらだちが長くつづくことはない。自分の持つ可能性と手段以上のものをもとめないことを、すでに習得したから。

制御盤をじっと見ていたトロトは、プシオン・ネット内の方向確認から離脱するのはいまが適切だと判断した。アブサンタ＝ゴムからM－87までの距離は二百三十五万光年。いま、その〝行程〟のちょうどまんなかにいる。

一回路が作動した。船載コンピュータにより、《ハルタ》をプシオン・ネットから脱出させるのに必要な全操作が進行する。

　そのときだ。プシオン・ネット内にいる者に見える、通常空間の多彩な光の輪舞が一瞬にして消えた。司令室上部をかこむ透明なドーム形装甲プラストの向こうが暗闇に変わる。

　ハルト人の目は赤外線を感知するが、それでも大幅に変化した光状況に適応するのにしばらくかかった。すると、宇宙の暗黒の虚無のなかに、なにかべつのものが見えた。隣接する銀河のぼんやりとしたちいさな光のしみ。進行方向にある光のしみは、ほかのよりわずかに大きく明るい。目標のM‐８７銀河だ。しかし、肉眼では詳細はわからない。

　成型シートをまわして、やってきた方向に目を向けると、もうすこし大きく明るいほかの光のしみがある。双子銀河アブサンタ＝ゴムとアブサンタ＝シャド。詳細はやはり肉眼では見えないけれども。

　ハルト人は、ハイパー探知機を作動させるよう船載コンピュータに〝ささやき声〟で指示をあたえた。M‐８７およびアブサンタ＝ゴム、アブサンタ＝シャドの探知データを視覚映像に変換して透明ドームの内側にうつしだすように、と。

　もうひとつは、グルエルフィン、またはソンブレロ銀河と呼ばれるＮＧＣ４５９４。ほぼ瞬間的に、プロジェクションが実物のようにうつしだされた。

トロトの目がまずグルエルフィンに向けられる。プロジェクションとして見える三つの銀河のうち、現位置からいちばんはなれた銀河。だが、ヴィルゴ銀河群に属さないためではない。天の川銀河から見て、はずれに位置するからだ。

奇妙な構造物を、思慮深く見つめる。中央にあるのは球状の核で、きわめて明るい輝きを持つ。移行部は渦状肢を形成し、外側は不透明な星間物質の環からなる。

トロトは小声で笑った。グルエルフィン銀河がラテンアメリカの帽子ソンブレロのかたちに似ていると思いつくのは、大好きな友であるテラナーたちくらいなもの……しかも、銀河カタログにその名をのせるとは。

だが、すぐに真顔になる。グルエルフィン銀河における支配的な文明の主である生物たちのことを思ったから。ガンヤス人やタケル人といった亜種族を持つカピン。かれらもやはり友だ。

グルエルフィン銀河とカピン種族から最後にテラナーにコンタクトがあったのは十七年前。種族間戦争がいくつも起こり、あやうくカピンたちが絶滅しかけたほどだったという、恐ろしい話だった。

しかし、いまのところ最後のコンタクトの前にこのフェーズは終わり、グルエルフィンに平和が訪れた。長くつづいた衰退は終わり、住民たちは、いまや文明があらたに開花して輝かしい栄光をとりもどすのを待ち望んでいるのだろう。

かれらの和解に大きく尽力したのはオヴァロンだった。かつてガンヨであったオヴァロンの肉体は紀元三五八〇年に死に、意識内容としてプシオン・ネットのなかにたどり着いた。長いあいだあてもなくさまよっていると、あるときネットウォーカーのトルニブレドに出会う。トルニブレドは、ネットを移動手段として利用すること、肉体として存在しペドトランスファー能力を有するカピンと接触することをオヴァロンにおしえた。力の集合体エスタルトゥの永遠の戦士たちがもたらす脅威に気をつけろとカピン種族に警告したのもオヴァロンだ。ＮＧＺ三八五年に永遠の戦士の使徒であるソト＝グン・ヌリコがグルエルフィン銀河にやってきたとき殲滅《せんめつ》することができたのは、ひとえにそのおかげといえる。テラナーがこの話をトルニブレドから聞き知ったのは、ＮＧＺ四二九年だ。

それ以来、グルエルフィン銀河からの連絡はとだえている……惑星住民はそのあとどうなったのだろうか。平和を維持したのか。永遠の戦士がまたしても侵入してきたとすると、撃退できたのか。

重なりあうアブサンタ＝ゴムとアブサンタ＝シャドをちらりと見てから、Ｍ－８７のプロジェクションに向きなおる。球状銀河を統治する種族は、この星の島をドルイソラと呼んでいる。

球状の星の島を見たとき、トロトの新陳代謝が速まった。進化連鎖発祥の地。ウレブやペレヴォンばかりでなく、ハルト人もここに由来する。

M-87は、既知の銀河のなかでもっとも大きなもののひとつだ。一兆五千億太陽塊と、天の川銀河の何倍もある……密集した球状とはいえ、直径は天の川銀河の二倍の二十万光年ある。

銀河ハロー部に位置する球状星団をとっても、天の川銀河をはるかに凌駕《りょうが》している。球状の星の集まりがおよそ一千個もあるので、天の川銀河の三倍以上だ。

M-87でもっとも大規模なのは、長さ五千光年を超える巨大な物質放射だろう。銀河のちょうど中心部から強力に極化された光を放射し、既知の宇宙のなかで最大の電波放射源となっている。

イホ・トロトは局所拡大に切りかえて接近し、ハイパー探知機を調整してジェット流を彩色可視化した。

エネルギーに満ちたブルーの光が目に飛びこんできた。球状銀河の中心部に集中しているが、辺縁部にも色彩が見える。

トロトの知識によると、このジェット流は四次元時空連続体で可視化する人工的なハイパー放射のオーラであり、内部の規則性にしたがってM-87銀河辺縁部でプラズマ放射に変換される。

ハイパー放射とプラズマ……ふたつ合わさって、中枢部の設計者たちのパラ・エネルギー性防衛システムを構成している。球状銀河とその宙航文明を劫初《ごうしょ》から支配してきた者たち。

特殊な技術設備を持たず、ディメトランス・エンジンを利用してM‐87銀河に実体化する宇宙船はことごとく、内空間のブルー中枢照明に破壊される。

「カットク？」トロトがいった。

「はい、トロトス？」船載コンピュータが応じる。

「プシオン・ネット内にもどしてくれ！」ハルト人が命じる。「目標は連星ボウルジャイリーのある宇宙セクター。ホイール星系と呼ばれる内空間が存在する空洞恒星の外殻から五千三百十八光年の距離。ペガサスIの方向だ」

「データが不充分です」カットクが応じる。「M‐87に関する追加データがないと、該当する宇宙セクターのポジションを多少なりとも正確に特定できません」

トロトの計画脳には、《クレストⅣ》航法士の助けを借りて計測したM‐87のデータが保存されている。だが、《ハルタ》の船載コンピュータはそのデータを持っていないらしい。

トロトはカットクにデータを送った。

三十秒後、ネットウォーカー船は宇宙のプシオン・ネットを構成するフィールドラインに滑るように入っていった。

*

《ハルタ》はプシオン・ネットから通常空間にもどった……高密度な暗黒星雲のなかだ。

「どういうことだ？」イホ・トロトは怒ってたずねる。「暗黒星雲に宇宙船を導いたのはなぜだ？　ここからではボウルジャイリーを測定できないではないか？」

「すみません、トロトス」船載コンピュータが応じる。「自然の凪《なぎ》ゾーンに入ったので。エネルプシ・システムが気づくのに遅れ、ほかのネットラインにうつれなかったんです。ボウルジャイリー星系は、内空間の方向にここから三十七光年はなれた位置のはずです」

「たったの三十七光年？」ハルト人はおうむがえしにいった。「それならメタグラヴ補助エンジンでなんなく翔破できる。やってくれ、カットク！」

コンピュータからの確認はない。だが、数秒後に宇宙船のメタグラヴ・エンジンが作動した。船首のはるか前方に仮想Gポイントが形成され、《ハルタ》を力強く引きよせる。《ハルタ》もボウルジャイリー・セクターの方向に向けて大きく加速していく。

早くも数分後に仮想Gポイントは強化され擬似ブラックホールとなった。これはメタグラヴ・ヴォーテックスとも呼ばれ、宇宙船をさらに強力に引きよせ、やがてハイパー空間に投げこむ。

さらに数分後、グリゴロフ層も消えた。超光速飛行のあいだ、ハイパー空間の影響から《ハルタ》を守り、プログラムに反して通常空間に引きもどされるのを防ぐのがグリゴロフ層の役割だ。

宇宙船は四次元時空連続体に復帰した。

トロトは胸をなでおろした。暗黒星雲から脱出したようだ。周囲一帯に無数の光点が見える。付近に存在するＭ‐８７の星々。進行方向には、数えるほどの星しか確認できない。ブルー中枢照明がはるかに明るいからだ。光源は六千光年はなれているというのに。

ハイパー走査機をオンにし、計画脳のデータをもとに検索プログラムをインプットする。あとはシートの背もたれによりかかって待った。

検索プログラムにヒットがあるまで十分とかからなかった。司令室のドーム内側に連星のプロジェクションがうつしだされる。大きなブルーのコンポーネントとちいさなグリーンのからなる。

トロトの計画脳は、それが連星ボウルジャイリーであることを明確に識別した。探知データによると四十一光年の距離だ。

「ここでなにを探すのですか、トロトス？」船載コンピュータがたずねる。

トロトは、カットクの態度を愉快に思った。船載コンピュータは自主性を開発するようにプログラミングされていない。《ハルタ》船長のもとめにいつでも応じるのがその任務だ。それなのに、いつ、どのようにしてなのか、プログラミングが拡張されたらしい。ふつうに起きることではないが、危惧する必要もあるまい。おかげで話し相手ができるわけだし。天の川銀河から遠くはなれたこの銀河で、異物としてすごす孤独に耐える助けにはなる。

「ボウルジャイリー＝アルファ、つまり青色巨星は惑星をひとつ持つ。エドニルと呼ばれるこの惑星は、かつて三次制約者としてけだものたちに雇われていたパーリアンの故郷だ」ハルト人は応じる。「だが、ずっと前のこと。きみにはわからんだろう。エドニルのパーリアンは抑圧および搾取を受けていたが、紀元二四三六年に、エドニルに拠点を持つ《クレストⅣ》の上陸コマンドによって解放された。これだけ知ってもらえばいい」

「では、かれらに交信するつもりですか？」船載コンピュータがたずねる。

「ありうる」と、トロト。「エドニルが存在しているか、パーリアンがそこに住んでいるか、現時点でどのような役割をはたしているか、といったことによるが」

「ハイパー交信で周辺百光年を探してみます。それと、エネルギー走査機で宇宙船の活動を調べます」カットクが説明する。

「それを命じようと思っていたところだ」と、トロト。

「命じるとは！」カットクは憤慨していいかえす。「わたしに対して主風《あるじ》を吹かせないと気がすまないんですか、トロトス？　われわれ、友だと思ってましたが。わたしは血と肉からなるからだを持たないとしても」

ハルト人は、言葉を慎めと船載コンピュータにいいたくなった。われわれは友でもパートナーでもない、決定するのは自分イホ・トロトであり、きみは命令をきくだけだと明言しなくては。

しかし、ふと思うところあって、やめることにした。

「それをお願いしようと思っていたところだ」と、いいなおす。

「お望みのとおりに、トロトス」カットクが応じる。「すでに見つけました。惑星エドニルはまだ存在します。探知機が計測したエネルギー・パターンから、高度な技術を持つ惑星であることは明らかです。それと、エドニルと宇宙船三隻間のハイパー交信を五つ、傍受しました。二隻は惑星を出発したばかり、一隻はまもなく着陸するところ。ハイパー交信は当然コード化されていて、われわれの持つ手段では解読できません」

「当然だ！」ハルト人の声が響きわたった。天の川銀河にしろ、これまで知ったどの銀河にしろ、状況は同じなのに、と皮肉な思いになる。高度に発展した文明に属する種族は、くだらない内容の通信でもコード化するのがつねだ。秘密主義はコンピュータ化された全文明の病気といえる。

「スタートしたばかりの宇宙船の一隻がわれわれの方向に向かってきています」船載コンピュータが伝えてきた。「リニア飛行に移行するときとよく似たやりかたで加速しています。交信しますか？」

「だめだ！」トロトは思いのほか険しい声で応じた。「異人から交信があれば、乗員はエドニルの宇宙管理センターに一報するに決まっている。そうなれば、いくらもしないうちに軍隊ユニットがわんさとこっちにやってきて、われわれを心ゆくまで調査するだろう」

「ですが、リニア飛行に入ったばかりのパーリアンが、われわれの近辺にあらわれるために中断するとは思えません」船載コンピュータが異論をとなえる。

「まったく理にかなっている」と、トロト。「プシオン・ネットに宇宙船を進入させて、そこからパーリアンを探知してみてくれ。中間空間にいるとしてもだ！　見つけたら、こっそり追跡する。パーリアン船が位置確認のためリニア空間を離脱したら、われわれもかれらのすぐそばの通常空間にもどる」

「最高です、パートナー。ほんと、最高！」カットクは感嘆する。

イホ・トロトは、がはと笑う。船載コンピュータのおふざけが気にはなったけれども。カットクの態度はどう考えてもおかしい。あらゆる状況において完全に信頼できるとはいえそうにない。

だが、いまは疑念をしめすべきではあるまい。カットクが自分に対してもはや完全に誠実ではないとすると、もう一枚皮をかぶった返答をするだけ。それでは、もうわけがわからなくなるというもの。

それとも、仮面をはいで力ずくで目標を追うか。

笑いがとまる。

この可能性は気持ちのいいものではない。とくに、サバルから遠くはなれたところにいて、いざというときほかのネットウォーカーの助けをもとめられないいまは。

危険や冒険は大好きだが、もっとも重要な目標を達成する可能性があるときにかぎってのこと。

いまのもっとも重要な目標は、Ｍ‐８７の状況を見きわめることと、謎めいたミモトの宝石の背後にあるものを探りだすこと。

ネットウォーカー船の船載コンピュータと仲たがいすれば、目標達成は困難になるだろう。だから、争いになるようなことは避けなくては。

つとめて気をしずめ、《ハルタ》がふたたびプシオン・ネット内に入るようすを観察する。探知機が特徴的なエネルギー・パターンをとらえた。まだ通常空間にあるパーリアン船のエネルギー・パターンは、プシオン・フィールドによって時間的および空間的なゆがみを生じさせる。

いくらもしないうちに中間空間に入った。かなり高い超光速ファクターによって飛行を続行する意図らしい。

そこでもやはり、《ハルタ》の探知機によって捕捉できた。リニア飛行への移行時をとらえていたからだ。中間空間におけるパーリアン船のポジションは、ハイパー空間と通常空間のあいだを移動する正弦曲線形の揺れによってわかる。探知ポジトロニクスは、通常これを〝リニア飛行中の宇宙船〟と認識しない。

《ハルタ》はこのやりかたで、パーリアン船をプシオン・ネットから追跡する。

対象物が通常空間に復帰するまで……

*

《ハルタ》はまたたく間にプシオン・ネットを出て、同様に通常空間にもどった。

イホ・トロトは、探知プロジェクションを興味深く観察する。ダークレッドの球形の船体には突出部がまったくない。わずか七光秒はなれた場所を自由落下で移動していく。ふたつの超高速フェーズのあいだで位置確認をするときの常套《じょうとう》手段。ほとんどの知性体がこのやりかたを使う。

「直径二百五十メートル」カットクが伝える。「エネルギー・パターンは予測どおり。インターヴァル砲の装備をしめす特徴的ラインあり。ただし、武器はスタンバイにありません」

「距離をたもて！」トロトが命じる。「交信するんだ！　コード化しない中枢部言語で。こちらペリー・ローダンの友。テラからのメッセージ、と」

「逐語的にですか、トロトス？」船載コンピュータが確認する。

「逐語的に」トロトが応じる。

「実行ずみです」カットクが間髪《かんはつ》を容れずに報告した。

次の瞬間、探知システムの複数のフィールドが赤く点灯し、サイレンが鋭い音をたてはじめた。

「パーリアン船は高エネルギー・バリアにつつまれました」船載コンピュータが報告する。「インターヴァル砲が発射態勢にあります。こちらも発射準備しますか、トロトス？」

「パラトロン・バリアをオンに！」ハルト人が応じる。「それだけだ。こちらに防御力はあるが、攻撃意志はないことを見せなければ」

「了解しました」と、カットク。

縦長のネットウォーカー船の周囲に三層のパラトロン・バリアが構築された。このバリアなら、武器エネルギーであれ、砲弾であれ、異人からの攻撃は未知のものもふくめてことごとく連続体構造亀裂をとおしてハイパー空間に弾《はじ》き飛ばしてくれる。たえまなく入れかわるこまかい構造亀裂のおかげで探知システムは完璧に機能し、ハイパー・シグナルもバリアを通過する。

神経を最高に集中させて探知システムの表示を観察する。あそこにいるパーリアンたちのなかで進行している論理的および感情的な動きを判断するには、宇宙船幹部の反応を細部の細部にいたるまで読みとる必要がある。

数秒後、パーリアン船は半分予期していたとおり、グラヴォ・エンジンを始動した。赤くきらめく球型船は、発射直後の銃弾と同じ速度で真上に進んでいく。

「あとを追いましょう！」カットクが呼びかける。

「やめろ！」トロトがいましめる。「動いてはだめだ！」

船載コンピュータのやかましい声を聞き流す……パーリアン船がさらに加速していないことをまもなく確認し、満足した。球型船は飛行をつづけ、《ハルタ》との距離はひろがっていく。しかし、リニア飛行に入るようすがなければ、問題はない。

さらに数秒後、パーリアン船は減速し、《ハルタ》から十光秒はなれたポジションに相対的に停止した。

「すぐに交信してくるぞ」トロトが船載コンピュータに説明する。「われわれとの交信を拒否してずらかったとき、こちらが受け入れるかどうか、テストしたんだ。実践的宇宙心理学。われわれは攻撃的でも短気でもないことが、これでわかったはず」

「それと、われわれを鼻であしらってだいじょうぶなことが」カットクがいいそえる。

「またしてもテラのイディオムか！」トロトが軽くあざける。「どこに鼻があるっていうんだ？」

「もしかして、船内にピノキオの鼻とかが……」

「口を閉じろ！」トロトが険しい口調でさえぎった。ハイパーカムの呼び出しが点灯したのだ。

視線スイッチで装置をオンにすると、すぐさま中枢部言語が聞こえてきた。

「こちら五＝四＝六！　テレパシー能力は持たないようだが、われわれ、そちらの考えを理解した。特殊装置のおかげだ。こちらの話を理解できるか？」

「とてもよく理解できる」トロトは応じる。首尾上々。

パーリアン船の名はたずねない。パーリアンたちは宇宙船に名をつけないと知っているから。かれら自身、名を持たない。完全に思考で理解するかれらに、名はいらないのだ。〝五＝四＝六〟というのは、おそらく球型船の登録ナンバーなのだろう。

「それでは、これから映像通信をオンにする」ハイパーカムから聞こえてきた。

「いいだろう」と、トロト。「だが、わたしを見て驚かないでくれ。その昔、あなたたちの種族を奴隷化したけだもの種族と似ているから。だが、わたしはけだものではない。出生も、あなたちの銀河ではなく、四千万光年はなれた天の川銀河だ。わたしはハルト人のイホ・トロト」

「けだものたちとほかのドルイソラ諸種族はずっと前から平和にやっている」ハイパーカムから声が響く。「だからけだものの姿を見ても驚くことはない」

ふいにハイパーカムのモニターが明るくなった。

宇宙船司令室の一角が見える。ストライプ状の動きやゆがみから、水で満たされた空間らしい。水生生物のパーリアンは、肺を持つとはいえ、鰓《えら》呼吸がいちばんいいのだろう。

映像の三分の一をしめるのは、身長二メートルの非常にスリムなヒューマノイドに近い生物だ。こまかい鱗《うろこ》におおわれた銀色の皮膚。半透明のからだ。内臓の輪郭が皮膚をとおして見えている。

衣服はつけていない。腕二本に脚二本、手足はそれぞれ六本の指を持つ。指のあいだには水かきのなごりがある。

パーリアンだ。まちがいない。

もうひとつ証明がいるとすれば、直径三十センチメートルのガラス玉に似た頭だろう。皮膚が透明なため、脳の一部や神経索、血管が見えている。ちいさな複眼がふたつ、テラナーの目とほぼ同じ位置にある。

もっとも目だつ特徴は、直径十センチメートルもある赤い組織塊だ。頭部の額の位置に鎮座するそれは、かすかに脈打っている。

いわゆる時間眼。その昔パーリアンは、これによってけだものたちから三次制約者とされた。このバイオマスは、エドニルの海洋に当時生息した……もしかすると現在も生息する……巨大クラゲに由来する。けだものたちは、必要に応じて巨大クラゲをとらえて切りきざみ、部分的に遺伝子を組みかえたのちに奴隷化したパーリアンに移植した。

そのおかげで、水中生物は十分の一秒後の未来を見る能力がそなわった……これが大きなメリットとなることも往々にしてある。

トロトは不思議に思う。多数の世代をへてなおパーリアンが時間眼を保持しているのはなぜか。エドニルの巨大クラゲを犠牲にしてメリットを得るのはなぜか、と。

だが、相手の時間眼の表面はしわだらけで、光が弱いことに気がついた。昔のパーリアンの時間眼はつるつるでもっと強く輝いていたのに。

「ようこそ、イホ・トロト」ハイパーカムから声が響く。相手の口もほかの開口部もまったく動いていない。「われわれへの用件は？」

「おしえてほしいことがある」トロトは応じる。「ヤンガル星系を探している。ポヴァリスロング王に伝える報せがあるからだ」

「ヤンガル星系」相手はおうむがえしにいった……言葉の裏にかすかな嫌悪が感じられたような気がした。パーリアンの思考を音響の振動に変換したヴォコーダーの言葉にすぎないのに。

「そうだ」ハルト人が応じる。「ほかの銀河でドルイソラの偵察員に出会った。力の集合体エスタルトゥからやってくる永遠の戦士たちの意図を探る任務をおびていたが、死ぬ前に王と中枢部の設計者たちへのメッセージをわたしに託した」

「中枢部の設計者たちを見つけるのはむずかしくない」パーリアンが説明する。「内空間にあるホイール星系の惑星にいる。モノルからゴルトライフ転送機で到達できる。座標は……」

「待ってくれ！」トロトが口をさしはさむ。「内空間への行きかたならわかる。まずはそこに行くつもりだ。だが、その前にポヴァリスロング王に偵察員のメッセージをとどけなければならない。かれが死ぬ直前に約束したから、破るわけにはいかないんだ。ヤンガル星系の座標がわかるなら、ぜひおしえてもらいたい！」

「まず中枢部の設計者たちにコンタクトするほうがいい。ほんとうだ、イホ・トロト」相手が応じる。

「なぜだ？」ハルト人がたずねた。「ヤンガル星系に行くのに、かれらの許可がいるのか？」

「そうではない」と、パーリアン。「どうしてもポヴァリスロング王を先に訪問するというのなら、座標をこちらのポジトロニクスからそちらの船載コンピュータに転送しよう」

「感謝する」トロトはていねいに礼をいった。「ちょっと立ち入ったことを訊いていいか?」

「なんなりと!」

「時間眼だが、自分で移植するのか?」

「ノー」パーリアンはわずかにためらってから答えた。「巨大クラゲはもう存在しない。時間眼は何世代も前に変化し、われわれの有機体のほんとうの共生体となった。時間眼の遺伝子コードは、われわれの遺伝子コードの一部となり、親から譲り受けられるようになった。ただし、将来を見る機能は著しく衰え、かわりに……」パーリアンはそこでいきなり言葉を切った。

「かわりに?」トロトがたずねる。先が気になる。

「たいしたことではない」相手はいった。「元気で、イホ・トロト! 残念ながらこれでお別れだ。先に中枢部の設計者たちを訪ねないのを遺憾に思う。まあ、もう一度考えなおしてくれ。そうしてもらえればありがたい」

声がやみ……映像は消えた。

ハルト人は、ハイパーカム装置を見ながら考える。まず中枢部の設計者たちを訪ねるべきだというパーリアンのすすめをどう受けとめたらいいのだろうか。

自分としては、ポヴァリスロング王に先に会い、いわば兄弟どうしで話すのがやはりいいと思う。われわれの祖先は同じなのだから。

「パーリアン船がスタートし、加速しています」船載コンピュータが報告する。「ヤンガル星系の座標を入手しました、トロトス」

「では、われわれもスタートする。いちばん速い方法で目的地へ！」ハルト人は応じた。

4 ドゥムフリー

《ハルタ》は、プシオン・ネット内を八万光年進んだ。いまいるのは、銀河中枢部のエスタルトゥと反対の側だ。

直径六千六百二十光年の空洞恒星のすぐそばをプシオン・エネルギー軌道が通過したときにネットウォーカー船を満たしたM-87のジェット流の轟音は、通常空間に復帰しても、イホ・トロトの耳にはまだ聞こえていた。空洞恒星の内部が中枢部の設計者たちの生活空間だという。

この轟音は、通常空間やハイパー空間内、およびリニア飛行中には聞こえない。プシオン・ネット内にいるときだけ……しかも特定の距離領域にあるときだけ聞こえるらしい。といっても、各宇宙船を振動させるばかりか、いあわせる宙航士の神経システムも振動させるのだ。

いずれにせよ、イホ・トロトは感情のハリケーンに見舞われ、深く揺さぶられた。通過後も揺さぶりはのこり、船載コンピュータの言葉にも、最初のうちまったく注意しなかったほどだった。

かれの意識がいきなり現実にもどったのは、非常に異質なものを間近に感じたときだった。

次の瞬間、透けるように薄い黒いヴェールが船載コンピュータのあるコーティングされた壁の操作盤の上方でひとつにまとまるのが目に入った。間髪を容れずにちりぢりになり、司令室全体にひろがっていく。

思わず身が引きしまる。

これと同じ現象を観察したことがあるのを、ふいに思いだした……NGZ四四五年、コスモヌクレオチド・ドリフェルの間近に実体化した〝丸太〟に、《ハルタ》で接近飛行したときのこと。

一瞬にして、黒いヴェールの正体がわかった。トルルタル。高度に発達したプシオン能力を持つ知性体。タルカン宇宙と標準宇宙のあいだの非物質障壁に触れていわば凝結し、テクノ寄生体として生息する。

だが、自分はなぜそのことを知っている？　考えてもわからない。

「なんの用だ？」と、低い雷鳴のような声でたずねる。

「驚くことはない、イホ・トロト！」かえってきたのは、響きのよい声。インターコスモだ。

かれはやはりぎょっとした。黒いヴェールが消えて、その場所に白い皮膚の身長二メートルのヒューマノイドが立っていたからだ。瞳孔《どうこう》のない黒い目がこちらを見ている。目の前の生物は、風変わりなレザーふうのコンビネーションを着用し、ヘルメットはたたんである。腰のベルトにスチール製ウォーターボトルとホルスターがついている。ホルスターには下腕の長さのスチール製の棒状のものがおさまり、表面はメタルブルーのほのかな輝きを持つ。

トロトは、眼柄の長さいっぱいに目をのばし、司令室内をくまなく探す。だが、黒いヴェールは消滅したままだ。出現したときに黒いヴェールをおおいつつんでいた、異質で謎めいたオーラだけがのこっている。

「驚いたようだな、イホ・トロト」異生物が語りかけてきた。

「驚いて当然だ。《ハルタ》船内の秩序が乱されたんだから」ハルト人は応じる。ショックをとっくに克服し、好奇心と軽い猜疑《さいぎ》心をいだいて。「そっちの正体が知りたい。どうやってわが宇宙船に入った？」

「わたしはジュファル・アマ・スンヌー」白い皮膚を持つ生物はフレンドリーに応じる。「いまのところ、いえるのはそれだけだ。どうやって船内にきたかということは、こみいった話になる……いま説明するには複雑すぎる。われわれの持つ全エネルギーをサヴァイヴァルに費《つい》やすべきときに」

「ジュファル・アマ・スンヌー」トロトは考えこみながら相手の名をくりかえす。

来訪者の言葉の意味することに気づいたのは、そのあとだった。

「カットク!」どなりつける。「いまなにかいったな。きちんと聞いていなかった。もう一度いってくれ!」

船載コンピュータは答えない。

かわりに白い皮膚の生物がいった。

「ヤンガルは赤色巨星で、惑星は八つ。パーリアンから受けとった座標をもとに接近飛行したのは、十六の惑星を持つ青色巨星だ」

ハルト人は成型シートから立ちあがり、制御盤のモニターがすべて見えるように身を前に乗りだした。

「ほんとうだ!」すこししてから低い声でいった。「カットクが座標をとりちがえたんだな! カットク、廃物同然の計算機め、制御盤からひっぺがして、近くのエアロックからほうりだしてやる!」

なんらかの反応を待ったが、カットクからはやはりなんの返事もない。

「コンピュータが座標をとりちがえるなど、ありそうにないではないか、イホ・トロト?」白い皮膚の生物がおだやかな声でいった。

「ありそうもないどころか、信じられない!」ハルト人は憤慨して応じてから、はっとした。「だが、ヤンガルが赤色巨星で惑星を八つ持つことを、どうして知った？　わたしが船載コンピュータに伝えたとき、あなたはまだいなかったはず……そのあとは一度も言及していない。ここでなにが起きている、ジュファル・アマ・スンヌー？」

「ジュファルでよい」と、白い皮膚の生物。「スンヌーはわたしの由来をあらわす」

「わたしのことは、トロトだけでいい」ハルト人は説明する。「よかろう、ジュファル！　知らないはずのことを、どこから知った？」

「ある宇宙は、唯一の宇宙ではないとどうしてわかる？」ジュファルは逆に訊きかえした。「船載コンピュータが座標をとりちがえたとは、たしかに信じがたい。だが、それならなぜ、われわれがいるのはヤンガルではない？」

「パーリアンがまちがった座標を船載コンピュータに転送したからだ！」ふいにひらめいたことを口にする。「カットク、宇宙船を戦闘準備態勢に。プシオン・ネットのもよりの入口を探すこと。万一の場合、すぐにそこに入れるように」

「あなたの船載コンピュータは死んだようだな、トロト」と、ジュファル。

「いまいましいが、そうらしい！」トロトはのろった。

成型シートに腰をおろし、宇宙船の全システムをマニュアル操作に切りかえた。パラトロン・バリアを作動させる。

間一髪。

不可視のバリアが《ハルタ》をつつむやいなや、シリンダー型宇宙船三十隻がリニア空間から通常空間に突入してきた。

M-87の軍人カーストであるドゥムフリーの宇宙船。トロトがエネルギー・パターンを識別する間もなく、シリンダー型宇宙船が致死的なビームを発射してきた。

すぐに《ハルタ》のパラトロン・バリアが青みをおび、ちかちかと光りはじめた。司令室内に警報が鋭い音をたてる。

激怒したイホ・トロトは、ほんの一瞬、聾唖の状態になった。

一瞬だが、パラトロン・バリアを崩壊させて《ハルタ》を霧消させるのに充分な時間……だったはず。だが、ジュファル・アマ・スンヌーが俊敏に動いて手動回路を作動させた。

ネットウォーカー船のエネルプシ・システムがプシオン・ネットのもよりの入口を探す。見つかると、宇宙船を導き入れた。

だが、安全域に完全に入る前に、十三か十四のグリーンに光るビームが同時にパラトロン・バリアに命中した。まだ実験段階にある新兵器のビームだ。

ビームの持つエネルギーは、パラトロン・バリアの極性を転換し、非物質に特徴的な電荷をおびさせた。この時点で《ハルタ》外殻に直接触れていれば、宇宙船は大爆発を起こしたはず。

さいわい無傷ですんだ。

パラトロン・バリアは、極性転換されたエネルギーを即座にプシオン・ネット内に放出した。プシオン・ネットが反応し、《ハルタ》はネットから放出された。

宇宙船はなすすべもなく、ふらふらと通常空間にもどった……

＊

ネットウォーカー船内部に、テラナーなら死をまぬがれないほどの衝撃力が生じた。だが、ハルト人は持ちこたえた。

それでも数秒間は放心状態でなにもできず、《ハルタ》が木星型巨大ガス惑星の恐ろしいほど間近で宙返りするのをただ凝視するほかなかった。ときどき赤いプレート状のものが外側監視用スクリーンにあらわれた。上方のところどころに白い雲が漂っている。

「テルツロックにかけて！」トロトが悪態をつく。なにが起きたのか、わかったから。《ハルタ》はプシオン・ネットから吐きだされて、巨大ガス惑星とその一衛星のあいだに浮遊している……そして、どうやら作動不能状態にあるらしい。ということは、遅かれ早かれ惑星か衛星のどちらかに突入するだろう。

すくなくとも衝撃吸収装置は機能しているし、通常どおりの人工重力もたもたれている。

トロトはふと、ジュファルを思いだした。どきっとしてドーム形の頭をまわす。ジュファルは倒れたのか。強い衝撃力で、どうなってしまったのか。

驚いて動きをとめる。長さ二メートル近くある繭《まゆ》に似たこげ褐色の物体が目に入った。成型シートの左側の床に横たわっている。

レザーふうの表面を見てはっとした……思いだしたものがある。

ジュファル・アマ・スンヌーのレザーふうコンビネーション！

それがわかると、こげ褐色の繭は白い皮膚の生物の宇宙服で、恐るべき衝撃力が生じたとき、全身をつつんで保護したのだ、とすぐに思いいたった。

繭が役にたってくれたことを願いながら、やっとのことで立ちあがった。繭のほうにかがんでみる。

手で触れると、繭の上端が開いた。表面全体が波のように動き、やがて宇宙服のかたちになった。白い皮膚のヒューマノイドのからだにぴったりとそい、頭はおおわれていない。足とふくらはぎは宇宙ブーツをつけている。

ジュファルの胸が深い呼吸でひろがり、目が開いた。

「サヴァイヴァル・コンビネーションか」ハルト人は、ジュファルの宇宙服に感嘆してコメントする。「すくなくとも四十Gが通過したというのに……無傷で克服するとは」

「ラシュトが救ってくれた」ジュファルが小声でいった。かれの視線は司令室の透明なドーム形天井に向けられる。「われわれがいるのは、プシオン・ネット内ではないな」といい、考え深くいいそえる。「巨大ガス惑星とその一衛星！　青色巨星の第六惑星はこれと同じタイプだ！　トロト、われわれ、まだ同じ星系にいるのか？」

「それはまだ確認していない」ハルト人が説明する。「あなたがどうなったか、知るのが先決だったからだ、ジュファル。だが、いま調べる。ひとつだけおしえてほしい。ラシュトとはなにか！」

「わが故郷惑星グルウルの共生体」ジュファルが応じる。「かつては、われわれ全員がラシュトと共生していたんだが」かれの目が蔭る。深い悲しみにあるかのように。

　相手の深い苦悩が感じられた。トロトはそれ以上訊かないことにして、制御盤に向きなおる。すぐに結果がわかった。《ハルタ》はいまも、パーリアンが送りこんだ青色巨星の星系内にある。

「ドゥムフリーにわれわれをけしかけさせたのも、かれらだな」トロトはひとりごちる。「だが、なぜだ？　わたしの外見はたしかにペレヴォンと似ているが、けだものたちの子孫と球状星系のほかの諸種族は平和な関係にあるというのに」

　パッシヴ探知システムにより、青色巨星の星系は十六の惑星を持つことがわかった。つまり、パーリアンに送りこまれた星系と一致する。ドゥムフリーの宇宙船もやはり同星系内にまだいるのかどうかは確認できない。ハイパー走査機そのほかのアクティヴな探知システムを使用するのは避けたかったから。こちらの触知インパルスは、ドゥムフリー船の探知システムに検知されるだろう……こちらのいどころを正確に知らせることになってしまう。

「パーリアンたち、わたしに対してなんらかの敵意を持っているにちがいない」トロトはひとりごとをつづける。そのとき、はっとした。「パーリアンのスポークスマンは、〝ヤンガル星系〟とくりかえしいいながら嫌悪を見せたではないか。といっても一星系に対して悪感情をいだくことはあるまい。そのほか、中枢部の設計者たちとまずコンタクトするほうがいいともすすめた。わたしがペレヴォンやポヴァリスロング王に会うことを望まないから、ということもありうる。大昔の奴隷種族から奴隷を所有した種族の子孫に対する憎悪が、パーリアンの心にまだくすぶっているとか？」

「巨大ガス惑星の衛星に着陸して、避難所を見つけるほうがいい、トロト」ジュファルが横から提案する。「追っ手が巨大ガス惑星までやってきたときには、われわれの宇宙船は光学的にも検出されず、エネルギー放出もゼロにしておく必要がある」

「〝われわれの〟宇宙船だと！」ハルト人はかっとなる。

「寛容にたのむ」ジュファルが応じる。「われわれ二名が乗っている宇宙船をいいあらわしただけだ。つまらないことにこだわっているときではない、トロト。この空間から脱出しなければ」

「そのとおり、蒼白顔」トロトは皮肉っぽくいった。「ただ、そのためにはすくなくとも機能するエンジンがいる」かれはスイッチを操作した。さっきから何度もしてきた動作だ。「エネルプシ、だめ」と、いいながら。「メタグラヴ、だめ。グラヴォ・エンジン、だめ。どうやって操作したらいいかわかるか、ユウレイ？」

「搭載艇のグラヴォ・エンジンとか？」ジュファルが案を出す。

「主船のエンジンが全滅なのに、なぜそれが機能するってんだ！」ハルト人はいいかえし、それからふと考える。

「《ハルタ》の駆動システムは、搭載艇のグラヴォ・エンジンとちがって作動中だった。エネルプシ・エンジンは作動し、メタグラヴとグラヴォはスタンバイ状態だった。このちがいは大きいかもだな」

長くためらうことなく、司令室を出てもよりの反重力シャフトに乗りこむ。まるで石のように最下部のエンジン・セクターまで落下した。墜落した床には大きなへこみができたが、気にせず連絡トンネルを突き進む。やがて球型搭載艇下部のエアロック空間まできた。

エアロックを通って艇内に入り、頑丈な非常階段をのぼる。司令室に達すると、グラヴォ・エンジンを作動させた。うぉーっと歓声をあげる。駆動システムが完璧に機能していることを、制御盤はしめしている。

搭載艇のグラヴォ・エンジンは主船を操作するための設備ではない。だが、いまや《ハルタ》は自由落下状態で巨大ガス惑星を周回する一衛星の間近にあるから、衛星をまわる楕円軌道に導くのはそれほどエネルギーのいる力仕事ではない。衛星はわりと厚い大気圏……おそらくメタンからなる……を持つので、《ハルタ》の速度は徐々に落ち、あとはほとんど従来の着陸操作で地表に導くことができるだろう。

非常事態から脱出するのに搭載艇のグラヴォ・エンジンが役だつことを確信すると、トロトはすぐさま《ハルタ》の安定化にとりかかった。

あとを追うように搭載艇の司令室にやってきたジュファルは、ハルト人が操作するようすを無言で観察している。しかし、不可欠な操作を成功させるのにどれほど高度な技巧を要するか、熟知しているらしい。

半時間後、《ハルタ》は下降して衛星表面の無数にあるクレーターのひとつに入り、いわば天然のシャフトのなかに姿をかくした。

宇宙船が地面と接触すると、ハルト人は船内の全システムをオフにしてジュファルに向きなおった。

「あとはただ待つほかあるまい。ハンターたちがわれわれを狩りだすか、あるいはいずれ星系から去っていくか。待ち時間を三十時間としよう。それが過ぎたら、主船の駆動システムを総チェックする。エネルプシまたはメタグラヴが使えるかどうか」

「それから？」ジュファルが訊く。

「パーリアンのところまで飛行して、かれらがわたしをここに送りこみ、ドゥムフリーをけしかけた理由を聞きだす」トロトはきっぱりと意気ごんでいる。

しばらくしてから、ジュファルをちらりと見ていいそえた。

「どの疑問にもかならず答えがあるんだ、蒼白顔。適切な答えを得るために、適切な質問をすればいいだけ。あなたからも聞きだすぞ」

相手が反応しないので、トロトはそちらに向きなおる……ぞっとした。まっすぐ前方を見つめるジュファルの黒い目玉が、宇宙の謎を反映しているように見えたから……

＊

シャフトの口から〝ヌシュト〟地表に出ると、微風がイホ・トロトとジュファルになめに吹きつけた。着陸した巨大ガス惑星の衛星を、トロトは種族の古い伝説上の人物の名をとってヌシュトと呼ぶことにした。

メタンと窒素からなる大気密度はテラ地表の半分ほど。それでも、気圧のおかげで宇宙に漏れだすことはない。

晴れて澄みわたり、空にはところどころクリスタル雲が漂う。

トロトがガシュダルと名づけた巨大ガス惑星の十分の一が、ヌシュト南方の地平線にそびえて見える。青色巨星の光がそこから反射してかなり明るい。

異なる生物二名のブーツの底に、パンくず状の赤い塊りが舞いあがった。トロトが分析機でチェックする。有機分子のより集まったものだ。原始生物の基準をしめすつながりが、ところどころ委縮している。

いつしか細胞がまとまって植物や動物、あるいは一歩進んで知性体を形成する可能性もあるのだろうか？

ないとはいえまい。とくにヌシュト地表に活火山が多数ある地域は、高度な生命が生存しやすい気温だから。

トロトは足をとめた。かがんで有機体の塊りを手にとり、思慮深く指のあいだから落ちるようすを眺める。

「宇宙には驚くべきことがたくさんある」つぶやくようにいう。

「それと、たくさんの敵がいる」ジュファルが説明する。「わがラシュトの探知システムが、ヌシュト地表に接近する宇宙艇をキャッチした。おそらく、数分前に衛星の周回軌道に入ったドゥムフリー船からきたのだろう」

トロトのコンビネーションの探知装置もそれを確認した。

「《ハルタ》船内にもどろう」と、トロト。「宇宙艇はこないのではないか。ドゥムフリーはわれわれがここにいると考えていない。かれらにはこちらを探知できない。ほかに理由があるはずだ。だから、間のぬけた偶然から見つからないよう気をつけるんだ！」

ふたりは踵《きびす》をかえし、大股に駆けだした。分子塵埃《じんあい》がもくもくと舞いあがる。ヌシュトの重力が弱いため、探知システムにキャッチされるおそれのあるグラヴォ・パックを使わずにすんだ。

一シャフトのそばを通過したとき、ジュファルが驚きの叫びをあげて立ちどまった。

「なんだ？」トロトが訊き、同じく足をとめてジュファルのほうを向く。

「複雑な有機結合とメタルプラスティック」ジュファルは片手でシャフトの内部をさす。

「有機結合は複雑で、ヌシュトで進化したとは考えられない」

「だれかがここにもたらした、とでも？」トロトはたずね、ジュファルのいる場所までもどった。いまやかれの探知装置にも、五十キログラムある超複雑な有機結合と、二キロ弱の超軽量メタルプラスティックが表示されている。

「だから、だれかがとりにくる」ジュファルはいい、空を見あげた。ドゥムフリー船がどこかから接近してくるはず。

「気が変になりそうだ！」ハルト人がつぶやく。「密輸品！　だれかが密輸品をとりにくる！　ドゥムフリーだな。これがわれわれの置かれた状況！　行くぞ。すぐにずらかろう。密輸人に見つかる前に！」

「もう遅い！」ジュファルが応じる。「宇宙艇は一分以内に到達する。地表を走ればいやでも目につくだろう。シャフトに身をかくすしかない！」

ハルト人は合点した。オーケーの合図をすると、シャフトの切りたった壁をするりと滑りおりていく。ジュファルはいくぶんゆっくり、慎重にあとにつづく。

シャフトの最下部までくると、そこからほぼ水平なシャフトが五つ、側廊のようにのびているのがわかった。探知システムの表示から、そのうちのひとつの奥に超複雑な有機結合が入ったコンテナがあるらしい。

ふたりはべつの水平シャフトに向かう……そこに達したのと同時だった。衛星地表にある主シャフト入口に物体が影を落とした。

直径十メートルの黒い宇宙艇。グラヴォ・エンジンを使ってシャフトをゆっくりと降下してくる。

ふたりは足を速めた。側道の奥までくると、身を横たえた。なにが起きるのか、待つことにする。

数秒後、宇宙艇は主シャフトの底部に接地した。投光器の光が、密輸品らしきものが保管されている側道を鋭く照らす。

一分たつと、宇宙艇の反対側からスロープがおりて……身長三メートルもある巨大な生物が姿をあらわした。分子塊のある側道に向かう。

「ドゥムフリーだ」トロトがささやく。Ｍ‐８７の軍人カーストを代表する種族の姿は、まざまざと記憶にのこっている。

ドゥムフリーは宇宙服姿だが、生地は透明で、ふだん着用しているベルト一本とショルダーベルト二本をつけただけのからだがよく見える。外見は直立歩行のヒキガエルにとてもよく似ている。

あるいは、巨大ヒキガエルとゾウガメの雑種ともいえるだろうか。背中にクリスタルのシャーレ状甲羅があるからだ。ほかの身体部分と同じく、メタリックなシルバーブラウンの輝きを持つ。

どうやら単独でヌシュトにやってきたらしい。密輸品をとりにきた疑いがますます強まる。ドゥムフリーがコンテナを持って宇宙船にもどるのを、トロトはじりじりしながら待った。高位にあるドゥムフリーではないかという推測を確認したかった。

論理的考察から割りだした推測だった。搭載艇で持ち船をはなれて異星を訪問することが可能なのは、宇宙船の船長または艦隊の指揮官くらいなものだ、というもの。地位の低いドゥムフリーにそのような許可がおりるとは考えられない。

長く待つまでもなく、十分とたたないうちにドゥムフリーはふたたび姿をあらわした。メタルプラスティック製容器が、二対の腕の上で左右に揺れる。宇宙飛行以前の時代にテラで使われていたシー・チェストほどの大きさだ。

「下におろせ!」トロトがつぶやく。

ドゥムフリーはスロープの手前で足をとめ、シャフト基面に容器をおろした。トロトの声が聞こえたようなタイミングで。

ベルトのバックルに彫りこまれた階級マークが、ついに見えた。

「オルギスにかけて!」トロトが敬意の混じった声を漏らす。「提督だ! いずれにせよ、やつのランクはテラの艦隊司令官に相当する! ジュファル、ユウレイ、やつをつかまえてやる。提督を人質にして、ドゥムフリーにこっちの条件をつきつけてやる」

「たのむ、つかまえるのは、まかせてくれ、トロト!」と、ジュファル。「わたしならもっと華麗に遂行できる……それに、わが宇宙船にもどったら、あなたにじゃまが入らないようはからう」

「どうするつもりだ?」トロトは面くらってたずねた。

「ユウレイがするやりかたで」ジュファルは応じる。

次の瞬間、トロトは目が眼柄から落ちたかと思った。ジュファルのからだがさっと溶けるように霧のヴェールに変化したのだ。ヴェールは長くのびて不可視に近くなり、見たところなんの苦もなくドゥムフリーのからだに侵入した。

提督の姿勢がかたまり、目は生気を失った。

　数秒後、提督のからだは弛緩《しかん》し……澄んだ目がトロトのほうを向く。

「われわれ、これで助かったも同然」ドゥムフリー特有のしわがれ声が、トロトのヘルメット通信装置から聞こえてきた。インターコスモだ。「スラドク提督がそのようにはからう」

「あなたはほんとにユウレイなのか！」トロトがくぐもった声でいう。ドゥムフリーの提督は容器をふたたび持ちあげ、宇宙艇に入っていく。「あなたが友でなければ、すぐにでも逃げだすところだ」

　だが、ジュファルはほんとうに友なのか？

　トロトにはわからない。そう願うほかなかった。

5 星間放浪者

ジュファル・アマ・スンヌーがスラドク提督とともに巨大ガス惑星の衛星を去ってから十八時間が経過した。

イホ・トロトはすでに《ハルタ》にもどり、ジュファルが連絡してくるのをじりじりと待つ。ネットウォーカー船のエンジン・システムを点検して、修復の可能性をチェックしたいから。だが、まだ手をつけられない。エネルギーが放射されて、ドゥムフリーの探知装置にポジションを知られるおそれがあるからだ。

ときどき船載コンピュータから反応を引きだそうとしてみる。だが、カットクは頑としてなにもいわない。最初はエネルギーが完全にゼロになったのかと疑ったが、そうではないというのに、だ。未知の影響力によって全機能がブロックされたようにすら思われた。

船載コンピュータのあるコーティングされた壁の制御盤の上方で、トルルタルの黒いヴェール状織物がひとつにまとまったようすが、何度となくトロトの記憶によみがえった。

カットクから漏れでたように。

しかし、トルルタルはすぐにまた消えた。かれらが船載コンピュータに入りこんで、カットクの機能をブロックしているのではないか、トロトはそんな疑問をいだく。だが、そのような行為に、なんの意味も見いだせない。トルルタルは高度に発展した知性体なのだから、意味のない行為をするとは考えられない。

コーティングされた壁の制御盤をねらってこぶしを振りあげる。だが、最後の瞬間に自制した。コンピュータの残骸よりは無言のコンピュータのほうがましというもの。ハイパーカムの呼び出しランプが点灯した。トロトはさっと手をのばして装置をオンにする。

モニターが明るくなった。

スラドク提督の姿がこちらに向いている。顔からは判断できないが、ベルトのバックルについた階級マークでわかった。

「スラドク提督からイホ・トロトへ!」と、ドゥムフリー。中枢部言語だ。「誤解が解けた。どうかわれわれを恨まないでほしい。貴船のエンジン・システム修復のために、もちろんそちらに行くつもりだ」

トロトは緊張を解く。

提督の最後のセンテンスから、提督の口を借りて語っているのはジュファルだとうかがえた。《ハルタ》のエンジン・システムが故障したことが、ドゥムフリーにわかるはずはないのだから。

「わたしは根に持ったりしない」トロトは応じる。「だが、知りたいことがある。なぜパーリアンは船載コンピュータにまちがった座標を転送したのか。そちらの艦隊がわが宇宙船をすぐに攻撃してきたのは、なぜか」

「それについてはのちほど説明する」〝提督〟は請け合った。「その場を動かないこと！　これからそちらに向かう。だが、いぶかしがらないでくれ。一搭載艇ではなく、プレート状セグメントでドッキングする。一時間前にわれわれに合流したヴィールス船《ローズィー・グリール》に属するものだ。わたしのほか、ドルイス人シュダル・コンとヴィーロ宙航士三名が乗船している。わかってもらえたか、イホ・トロト？」

「了解！」ハルト人は応じる。実際にはわからないことだらけだが、疑問のすべてにここで答えをもとめても、事態をいたずらに複雑にするだけだから。

ヴィールス船セグメントの到着を待つあいだ、《ハルタ》のエンジン・システムを総チェックする。ありがたいことに、もっとも重要な装置類は壊れていない。損壊があるのはエネルギー導体のプロジェクターだけだが、ひどくやられているので修理はできまい。交換しなければならないが、ドゥムフリーがオーヴァホールのためにくるのなら、たいした問題ではないはず。

点検が終わるのとほぼ同時に、探知機が反応した。該当するスクリーンに、ライトブルーのプレート状物体があらわれた。直径百メートル、高さ二十メートル。衛星地表の、《ハルタ》のひそむシャフトのすぐそばに着陸した。

ヴィールス船のセグメント！

無数の微小な〝ミニマシン〟の集合体。かつてはヴィールス・インペリウムをなしていた巨大な構造物。一種のハイパー・コンピュータで、その昔コスモクラートたちが〝三つの究極の謎〟の答えを出すのに使おうとしたものだ。

ヴィールス・インペリウムの残骸から、潜在的クルーの要望にぴったりそうような遠征船がいったい何隻製造されたのか、だれも正確なところは知らない。だが、当時、旅行熱にほだされてヴィールス船に乗り、はるかかなたの銀河に宙航していったギャラクティカーは何百万といたはず。

かれらの大部分は力の集合体エスタルトゥに惹かれた。超越知性体がそこで創造したといわれる謎めいた奇蹟に魅せられたのだ。

ストーカーがこのうえなく褒《ほ》めちぎったものの、そのほとんどがでたらめにすぎないことが、のちになって判明した。エスタルトゥの後継者と称していたものは、唾棄《だき》すべき戦争崇拝をあがめてほかの力の集合体の銀河にもひろめようとする、頽廃《たいはい》した生物だったのだ。

全知を自負するヴィールス・インペリウムは、ギャラクティカーの旅行熱をかきたて、かれらが群れをなして力の集合体エスタルトゥまで宙航するのをとりあえず可能にしてやった。それはなぜなのかと、トロトはたびたび疑問をいだいた。なにものかが、このプロセスを操作したのだろう。当時あった出来ごとの背景状況は、いつか解明されるかもしれない。

もろもろの思考を頭から追いはらい、船外に出た。宇宙服のグラヴォ・パックをオンにして衛星地表に向かう。

地表までくると、プレート状セグメント側壁にあるハッチが開いた。飛翔して入り、エアロック空間を通過すると、三名に出迎えられた。スラドク提督、《ローズィー・グリール》のメンターをつとめる、ルフス・ティラクと名のるテラナー、ドルイス人のシュダル・コンだ。

イホ・トロトは、三名のうち、とくにドルイス人にふさわしい敬意をしめす。身長二メートル、肩幅一・三メートル、雪のように白い皮膚を持つ生物は、不思議なほどハルト人を思わせる体格をしている。古代ローマのトーガに似た薄地の上衣をまとい、半球形の頭にのせた吸着リングにピラミッド形の装置を固定してある。個体用防御バリアの制御装置だ。

むきだしの胸にある二十個の青くきらめくクリスタルは、すでに皮膚の一部となっている。M‐87のブルー中枢照明のシンボルであると同時に、M‐87の拠点エンジニアとしての階級をしめすもの。かれは、ブルー中枢照明のエネルギー供給をコントロールする一恒星間ステーションにおいて、全権をまかされた責任者だ。

挨拶がすむと、シュダル・コンはハルト人をわきに呼びよせた。

「このような誤解が生じたこと、遺憾に思う、イホ・トロト。おろかなことに、パーリアンたちはヤンヨクのポヴァリスロング王が中枢部の設計者たちに対する陰謀をめぐらしたという噂を信じたのだ。もちろんそんなことはない。ペレヴォン種族は絶対的に誠実で忠誠心があると、われわれドルイス人は知っている。ペレヴォンの最大の望みは、いつかドルイソラのカースト制度に完璧に組みこまれるよう、実績をしめすことなのだ」

「それは理解できる」トロトが応じる。「つまり、ポヴァリスロング王が中枢部の設計者たちへの陰謀にわたしを引きこむかもしれない、と危惧しているのか。それでまちがった座標を送ってよこして、ドゥムフリー艦隊のもよりの拠点にわたしのポジションを知らせた。そうなのか？」

「まったくそのとおり」ドルイス人が応じる。

「それはおもしろい」と、ハルト人。「では、パーリアンたちは亡霊を見たわけか。いうなれば、おのれの空想の犠牲になった。かつてけだもの種族の奴隷の地位にあったという記憶も影響したんだろう。わからないのは、ドゥムフリーがパーリアンのパニックに感染して、宇宙船もろともわたしを潰滅させようとしたことだ」

「ドゥムフリーは、パーリアンのいうことを信じようとした」シュダル・コンは説明する。「かれらは戦うためにつくられた軍人だ。ところが、われわれの銀河は平和の状態がもう長いことつづいているから、かれらの自然な衝動は抑圧されてばかり。そういう状態だから、誤った反応を起こしやすい。だがスラドク提督の行為は、それで許されるものではない。高技能とたぐいまれな精神条件を持つ艦隊司令官であるかれが、あなたを攻撃するよう乗せられるべきではなかった」

たぐいまれな精神条件を持つ艦隊司令官！　ハルト人は思う。わたしの見たことを知ったらどうかな、ドルイス人よ！　スラドクにおこなった条件づけは、はらった代償ほどの価値はあるまい。高い地位を利用して私腹を肥やす密輸に手を染めたとあっては。

「あなたは危険にさらされただけではない。おそらくは名誉も傷つけられた」シュダル・コンは沈んだ表情でいった。「このような侮辱を解消できるなら、スラドクは処刑させよう、イホ・トロト」

「それは非常に親切なこと、ドルイス」トロトは応じる。「だが、わたしのために命を犠牲にすることはない」そういいながら、心中では険しい言葉をドゥムフリーに向ける。

〝とはいえ、これからすこしは賢くなるんだぞ、スラドク！〟「スラドク提督が謝罪して、わたしのコマンドにしたがってヤンガル星系まで遠征するなら、それですませてやろう」

「それはもちろんだ」ドルイス人は請け合った。「あなたには深い配慮がある、イホ・トロト」

「スラドク提督はおのれの不正な行為に気づいたと考えられるし、あなたに報告して、すすんであなたの審判に身を置いたと推測されるからだ、ドルイス人よ」

「推測どおりだ」と、シュダル・コン。

「すすんで悔いあらためるなら、報われてよかろう」イホ・トロトが説明する。

合図を受けてそばにきた提督に、ドルイス人は頭ごなしに叱りつけた。昔の時代のきわめつけのいじわるな新兵担当教官も、これを見て大よろこびしただろうほどに。トロトは内心ほくそ笑む。だが、ほっとしたのはそのためばかりではない。スラドクはほんもののスラドクではなく、かれを操るのはまだジュファルだと確信したからだ。

シュダル・コンの叱責がすむと、提督はハルト人に向きなおった。直立不動の姿勢をとり、

「おっしゃることはなんでもします、イホ・トロト。命令を受ければ、勝つ見こみのない戦闘で戦死するとしても」

「それについては、あとで話そう」トロトが応じる。「わが宇宙船はまもなく修復がすむだろう。そうなれば、ヤンガル星系への遠征をさまたげるものはない」

「もちろんだ」シュダル・コンがきっぱりと応じる。「工廠《こうしょう》船を用意したので、あなたの宇宙船が必要とする修理作業ができるはずだ。完了したら、スラドク提督がヤンガル星系につきそう。かれは正しい座標を知っている」

「トロト、異存がなければ、わたしも友を連れてヴィールス船でいっしょに行きます」おもむろに近より、話の終わりの部分を聞いていたルフス・ティラクがいった。

「歓迎するぞ、ルフス」トロトは応じる。

「それはありがたい！」《ローズィー・グリール》のメンターは顔を輝かせた。「あなたの持ち船がまもなくふたたび機敏になることを願います。ヤンヨクでは、十四日後にコルドン競技会が開催されます。このコンテストには、M‐87全域から参加者や観戦者がやってきて、毎回すばらしい見ものになります。わたしと友は、すでに二度観戦しましたが」

「コンテスト！」トロトは顔をほころばせる。「わたしも参加したいところだ」ここでシュダル・コンに向きなおった。「わが宇宙船の修理を可及的すみやかにはじめてほしい」

「工廠船をここに着陸させ、すぐに修理を開始するよう手配する」と、ドルイス人。

かれはすぐにポータブル・ハイパーカムで工廠船の船長に連絡をとった。そのあいだにティラクがトロトをさりげなく司令室のすみの、だれかに聞かれる心配のない場所に導いた。秘密めかして小声でささやく。

「ポヴァリスロング王は中枢部の設計者たちが考えるような善人ではありません。ハイパー再生されたオケフェノケースたちは、初期のころはけだものというけだものを疑ってかかったくせに、いまは疑念をすっかりなくしています。ヤンヨクの王はそうとうな悪党のようです。銀河系のコンドス・ヴァサクと似た組織を立ちあげ、移植用ベースを製造・販売しているという噂があちこちでささやかれています。M-87を統治する高位高官すら腐敗させたとか」

ハルト人には、どことなく思いあたるところがある。

「移植用ベースとは、なんだ?」なるべく声を落としてたずねた。

「自然な有機体の分子を非常に単純な方法で培養した、複雑な有機結合です」ルフス・ティラクが説明する。「複雑であるのに、構造的には非常にフレキシブルなため、あらゆる生物のあらゆる臓器をそこから培養できます」

トロトは陰険な視線を、直立不動でシュダル・コンの〝講義〟を聞いているスラドク提督に向けた。

「でも、それだけではありません」ティラクは熱意をこめて先をつづける。「ポヴァリスロング王はM‐87銀河全体の支配をねらっているという噂もあるので」

「その噂は誇張ではないか」トロトはにんまりする。「中枢部の設計者たちが何万年もかけて築きあげた力の道具に、一侏儒《しゅじゅ》帝国の王が手をつけられるわけはあるまい」

「ポヴァリスロング王はミモトの宝石を所持している、とひそかにいわれています。それがほんとうなら、可能性はあるでしょう」ヴィーロ宙航士がいった。

「ミモトの宝石？」ハルト人は興奮して相手の言葉をくりかえす。「わたしがM‐87にやってきたいちばんの理由がそれだ！　死にゆくペレヴォンからその名を聞いた。権力への鍵とか、賢者の石のようなものだと。残念ながら、その先を説明する前に命がつきたが」

「そのとおり、権力への鍵とひそかに呼ばれています」ティラクが応じる。「ポヴァリスロング王の前任者が数百年前に反逆者クァットゥルマスから没収したといわれています。クァットゥルマスもおそらくほかのだれかから盗んだと思われますが。宝石は、ブラック・スターロードの鍵と呼ばれることもあります」

「ブラック・スターロードの鍵！」ハルト人はおうむがえしにいった。「どういう意味だ、ルフス？」

「だれも知らないようです……おそらくポヴァリスロング王以外は」ヴィーロ宙航士が応じる。「それと、ゴンダヴァルカンの魔術師」

「魔術師は、どこにいる？」トロトは思わず熱帯の嵐ほどの声量で訊いた。

「しずかに！」ティラクがたしなめる。「もちろん惑星ゴンダウヴァルカンにいます。その座標は、M-87ではほんのひとにぎりの者しか知らないといわれていますが、わたしは知っています。これまでそこに行くのはためらわれましたが、あなたがいっしょなら……」

「わたしが保護する！」トロトが声を張りあげる。「宇宙船の修復がすんだらそこに行って、秘密を明かすまで魔術師を詰問するぞ……それからポヴァリスロング王のところに行く！」

「了解しました！」ティラクは大よろこびで応じた。

6 ゴンダウァルカン

《ハルタ》は三日間、巨大な工廠船内部に収容された。造船施設のほか、エンジン・ホールでも交換パーツ製造がおこなわれるため、二、三調整するだけで真新しいエネルギー導体プロジェクターができあがる。

イホ・トロトはこのあいだずっと船内にとどまり、アルゴスの目となってプロセスを見張った。工廠ロボットによる妨害行為はないか、エネルプシ・エンジンやドリフェル・カプセルの構造原理を盗み見ようとしないか、と。

ドゥムフリーがそのようなことをもくろむのはまったく論理的だし、悪意によるものですらない、と思われた。ドリフェル・カプセルとエネルプシ・エンジンはクエリオン技術の産物だ……プシオン・ネットを宙航に利用する、コスモヌクレオチド・ドリフェルを訪れる、といったことを可能にする装置を、クエリオン技術は五万年前からたえず改良・研究しつづけてきた。

そのような技術から生まれた製品の構造原理を手に入れるのは、この分野でまだそこまで達していない知性体にとっておさえがたいほどの誘惑のはず。

もちろん、見せてほしいとトロトにたのむこともできただろう。だが、たのみは聞き入れられないことを知っているのだろう。かれらだって、技術的に自分たちより遅れている知性体に同じことをたのまれれば断るはずだ。秘密をあかして、せっかくの優位性を好んで手ばなす者はいないからだ。

ハルト人だってそれほど気高いわけではない。それに、他種族が信頼してあたえてくれた装置類の機能原理を異知性体に手わたす権限があるとは思えない。

ドリフェル・カプセルに関していえば、秘密をあかすことすらできまい。機能の細部は、かれにとっていまもなお難解すぎるから。

だが、予防措置は必要なかったようだ。工廠ロボットたちは、内部機能を見ようとエネルプシ・エンジンおよびドリフェル・カプセルの〝クラッキング〟を三回試みたが……三回ともロボットの破壊で終わった。ほかに方法がなくて無理やり侵入しようとした結果だった。

トロトはそのことで苦情はいわず、ドゥムフリーとドルイス人も高度に専門化された工廠ロボットの損失を訴えない。この一件は、儀礼的な沈黙のマントにつつまれた。

トロトには、シュダル・コンやドゥムフリーたちとそのことでいい争うひまもなかった。《ハルタ》が工廠船内に収容されると、ルフス・ティラク、パートナーのセンナ・

ヴァルディヴィア、火星人のオールラウンド技師ウェンケン・ア・トムスがやってきたからだ。

　ヴィーロ宙航士三名はすでに長い年月をM－87周遊に費やしてきた。そのあいだ天の川銀河との連絡がまったくなかったので、出発以来故郷でなにがあったのか、知るべきことをなにもかも聞きたかったのだ。

　報告することは山ほどある。トロトはそうしたニュースをいきいきと描写した。かわりにヴィーロ宙航士たちは、巨大なジェット流による球状銀河内での冒険、周遊、諸種族との接触について報告する。

《ローズィー・グリール》はもともと六十四のセグメントからなり、七百名近いヴィーロ宙航士が乗船していたことも、かれらの話からわかった。

　定住に適する楽園みたいな惑星とか、研究意欲をそそる絶滅した文明の遺物がある惑星とか、ほかのなんらかの理由からのこりのヴィーロ宙航士と別れる意味を感じる惑星が見つかると、ヴィーロ宙航士たちはそこに降りた。合計六十一のセグメントとともに。ルフス、センナ、ウェンケンをのぞく全員が。

　そのため、《ローズィー・グリール》にはいまではセグメントが三つしかない……すでに五年前から。おそらくこれは永遠に変わるまい。ルフス、センナ、ウェンケンの三名はゆるぎないチームとなったからだ。ウェンケン・ア・トムスは、カップルであるルフスとセンナのじゃまにはならない。ヴィールス船の技術に惚れこんだかれは、《ローズィー・グリール》の訪れる先々で、すばらしい技術やおもしろそうなものがあれば掘り起こして楽しんでいるから。

ときどきいたずらをたくらんでは、だれからも見破られるもんか、とほくそ笑む。とはいえ、なにかにほんとうに被害をあたえることはない。

ウェンケンはハルト人に、昔親しくしていたべつの火星人を思いださせた。かれのパートナーやほかのミュータントと同じく、やがて〝それ〟のなかに昇華した、タッチャー・ア・ハイヌのことを。

しかし、トロトがタッチャーのことをたずねると、ウェンケンは知らないという。かれとア・ハイヌのあいだにつながりは存在しない。名前を聞いたことすらないのだから。

ルフスとティラクも、やはり知らないという。

超心理パートナーのタッチャー・ア・ハイヌとダライモク・ロルヴィクの冒険について、三名のだれも聞いたことがないと知り、トロトは悲しい気持ちになる。

それよりも、パトゥリ・ロコシャン、ギフィ・マローダーまたの名をタシト・ラヴリン、あるいはペルウェラ・グローヴ・ゴールといった著名人物や有名な事象とかれら三名がまったくつながりを持たないのが不思議に思われた。

悲しいことだ。

だが、結局のところ、全員がすべてのものごとを知るのは無理だ……そう悟ると、組みかえられたM－87のカースト・システムや、ペレヴォンとポヴァリスロング王についてできるだけ多くの情報をかれらから得ることに精神を集中させた。

それと、ゴンダウヴァルカンの魔術師も重要だ。なんといっても予定のいちばん最初は魔術師に会うことだから……

*

《ハルタ》の復旧作業が完了すると、イホ・トロトはスラドク提督とともにテスト飛行をおこなった。そのあいだに、ジュファルは提督の口を借りて、改良後の現在のM－87カースト・システムや、密輸業者としてのスラドク提督についての情報をトロトにあたえた。そのあと、トロト、ヴィーロ宙航士三名と提督は、ネットウォーカー船と《ローズィー・グリール》でスタートした。

二隻はプシオン・ネットのなかに入った。遠方の銀河からの訪問者たちがほんとうにヤンガル星系に向かったかどうかを知るために追跡をはじめた宇宙船があっても、これでまけたはずだ。

それでも万全を期して、目標座標へのコースをとる前に何度も索から索へ乗りうつった。座標は高度にコード化してヴィールス船の記憶セクターに〝保管〟してある。

青色巨星の星系をスタートして七時間半後、かれらは目的地に到達した。

四次元時空連続体に復帰すると、数光時前方にスペクトルのあらゆる色にきらめく恒星が見えた。

「恒星アリオア」と、ウェンケン。かれは、スラドクとともに《ハルタ》司令室にいる。

「虹色に光る恒星か」トロトが低い声で応じる。「きわめてめずらしいもの……かならず、特殊なスペクトルの輝きとつながりがあって、星系に属する惑星の生活条件に影響をあたえる」

「それがゴンダウヴァルカンに恐るべき生物形態を発展させた、とでも、トリー？」火星人はぎょっとしたようすで訊きかえす。

ウェンケンに〝トリー〟と呼ばれるたびにムッとするのをおさえ、

「蠕虫《ぜんちゅう》だ」と、説明する。「そうした惑星では、かならずといっていいほど多種多様な蠕虫が進化する。スプリンガーのシリンダー船より大きくなるものもあれば、顕微鏡でしか見えないほどちいさいものもある。だが、どれも食糧として、ヒト属である火星のハマトビムシを好む」

「キュクロプスめ！」ウェンケンは悲鳴をあげて顔をしかめた。

そのとき、ルフス・ティラクがプシカムで連絡してこなければ、悪態はさらにつづいただろう。

「アリオアには惑星が六つあります」ティラクが伝えた。「ゴンダウァルカンは第四惑星」

「そこの状況について、ほかには?」トロトがたずねる。

「なにもわかりません」ヴィールス船のメンターは応じる。「情報はなにも得られなかったので。わかっているのは、宇宙の謎について多くの知識を持つ魔術師がそこに住んでいること……それを知るのも、けっこう大変でした」

「ならば着いてからのお楽しみというわけだ」トロトが応じる。「まずは遠距離軌道から状況を探るのがよかろう。着陸するかどうかを決めるのはそれからだ」

「了解」と、ルフス。

二隻の宇宙船は、光速以下で進む。乗員たちは第四惑星に着くまでの時間を利用して、アリオア星系についてできるだけ多くの情報を集めることにした。

だが、これといって胸の躍るようなものはなかった。星系内でいわゆる生命ゾーンにあるのは第四惑星だけで、ほかは温度が高すぎるか低すぎるか、あるいは大気圏がないか、生存に適さない大気を持つかのどちらかだった。

ゴンダウァルカンには酸素をふくむ適切な大気圏があり、濃度はテラの地表より二十パーセント低いにすぎない。重力は〇・七G。地表付近の気温はマイナス三度と三十七度のあいだを推移する。大きな大陸が三つあり、地表の四十パーセント弱を占める。のこりは深い大洋だ。

生命で満ちあふれていて当然な条件だが、遠距離からは環境を汚染しかねない文明をしめすものは探知できない。宇宙船から計測される、生命の異種再生細胞核分裂によって出る有糸分裂放射は比較的弱い。

「ゴンダウァルカンに着陸するなら、用心することだ、子供たち！」トロトは母性的な気づかいから警告する。「弱い有糸分裂放射は通常ではない。この惑星に、細胞核分裂を抑止する影響力があるとみたほうがよさそうだ。きみたちの健康に害をあたえかねない」

「われわれ、そうかんたんにくたばらないぞ」ウェンケンがきっぱりといった。「浸食をくらわないよう気をつけさえすればいい、トリー！」

トロトは相手のコメントを無視した。ウェンケン・ア・トムスの話は往々にして存在しないもの……かれのいきいきとした想像のなかにしか存在しないものだと、時とともにわかったから。

やがて二隻の宇宙船はゴンダウァルカンの遠距離軌道に入った。その距離から探知システムで地表を調査すると、有糸分裂放射の弱い理由が部分的に解明された。

ゴンダウァルカンにはかつて高度な文明が存在したが、推定一万年前に滅亡した。いずれにせよ、この時期から諸都市の崩壊がはじまり、いま存在するのは廃墟ばかり。廃墟は全大陸の七十パーセントをしめるが、奇妙なことに自然による再征服にはいたっていない。植生はどのみち乏しく活力がないので、都市との境界を超えられなかったのだろう。

イホ・トロトとヴィーロ宙航士たちは宇宙船で惑星を何度も周回したのち、ピラミッド状の黒い建造物のそばに着陸することにした。地表にある建物で、表面的に無傷なのはそれだけだった。

謎めいたゴンダヴァルカンの魔術師の足跡が、そこでつかめることを願って。知性体の存在を示唆《しさ》するものは、ほかにはひとつもないのだから。

*

イホ・トロトは宇宙船を着陸させ、ヴィーロ宙航士たちは《ローズィー・グリール》の一セグメントのみを地表に降下させる。

着陸すると、トロトは、透明な装甲プラスト製ドームと外側監視用スクリーンで周囲のようすを思慮深く観察した。

廃墟にかこまれた円形の広場には、グリーンにきらめくメタルプラスティックのプレートが敷かれている。《ハルタ》はプレート上に停止する。恒星アリオアの虹色の輝きを受けて、幽霊列車の青白い骨組みのように見える廃墟にかこまれていた。

一・五キロメートルはなれたところに、真っ黒いピラミッドがそびえている。廃墟のフィールドからの高さは百四十五メートル、正方形の基部の一片は二百二十五メートルある。

建造物の黒色は、畏怖の念を起こさせた。ピラミッドの表面は陽光を完全に吸収し、光子すらまったく反射されない。

「ピラミッドを見て、思いだすものはないですか、トリー？」ウェンケンが質問する。かれはセラン防護服の点検中だ。

「わからない」ハルト人が応じる。「このような黒色は、これまで見たことがない」

「色のことではなく、大きさです」と、火星人。

その答えは、計画脳のなかに見つかった。一度得た情報やデータは、生涯ここに保存される。

「テラにあるクフ王のピラミッド、完成時の大きさ」情報を確認する。「サイズの一致は偶然ではありえない。一方では、このピラミッドの材質はまったくちがう。非常にめずらしいもの。走査インパルスをかたっぱしから吸収するので、分析ができない」

トロトはコンビ銃を点検すると、スラドクとウェンケンに外に出るよう合図した。下船すると、パラトロン・バリアをオンにする。これで無権限者が《ハルタ》に侵入することはできない。

ルフス・ティラクとパートナーのセンナ・ヴァルディヴィアも、スカイブルーのセグメントから出てきた。アッシュブロンドのセンナは宇宙生物学者だ。

エネルプシ・バリアがかれらをつつむ。思いつくかぎりのありとあらゆる攻撃から完璧に保護してくれるバリア。閉じられた空間歪曲と同様な効果があるからだ。そこをねらった投射兵器やビームは、標的に向かっていつまでも進みつづけるように見えるが、到達することはない。

「待て！」トロトが呼びかける。ウェンケンがグラヴォ・パックを使ってピラミッドまで飛翔しようとしたから。「徒歩で行く。そのほうが周囲を徹底的に観察できるし、危険を早期に見きわめるチャンスがある」

火星人は不満そうな声を漏らしたが、地表におりて同行者たちといっしょにピラミッドに向かって歩きだした。

いちばん手前の廃墟のところで、トロトは足をとめた。詳細に観察する。

まず、壁が風化して生じた小片をひろいあげ、分析装置に入れた。

「セラミックの一種」すぐに結果を読みあげる。「溶解促進性を持つ非水溶性鉱物が約三十パーセント。こまかい粉末の状態で」

「わりと短期間で崩壊したのはそのためか」と、ルフス。「建設者がメタルプラスティックを使用していれば、いまも建っていただろうに」

トロトはセラミックのかけらに半分埋もれた壁の残骸を眺めた。

「こういう家に住むのが好まれていたんじゃないかな。セラミックはあたたかみのある材料だ。メタルプラスティックほど耐久性はないとしても、メリットはたくさんある。かれらが自由意志で選んだんだろうな。ゴンダヴァルカンのコミュニティの密度からみて、住民はメタルプラスティックを大量生産する技術を持っていたと思われる」

「おそらく」センナはいい、セグメントの一部であるプラスティック・バーでセラミックの瓦《が》礫《れき》をあちこちつつく。「でも、植物が見られませんね。あと動物も。そっちのほうが気になります」

「わたしの気になるのは、火星人侏儒の姿が見えないことだ」ルフスが口をさしはさむ。「さっきまでいたのに、地面に吸いこまれてしまったのかな」

「あっちに行くところを見たが」スラドクはいい、隣接する廃墟をさししめす。

ルフスはテレカムで交信したが、ウェンケン・ア・トムスから反応はない。

トロトはすぐに、しめされた廃墟を調べはじめた。まもなくウェンケンは見つかった。壁の残骸のなかにある半分ほど埋もれた穴に落ち、地下の丸天井にあたって意識を失ったらしい。

ハルト人はウェンケンを穴から抱き起こし、地面に横たわらせた。ルフスが医療ボックスで診察する。薬剤を注射すると、ウェンケンは意識をとりもどした。

「コウモリはどこだ?」見開かれたかれの目に恐怖があらわれている。

「コウモリって?」トロトが訊きかえす。

「ほんもののコウモリ」火星人がきっぱりという。「コウモリの大きな群れが頭すれすれのところを飛びまわって、飛膜で顔を打ってきた。それで地下穴に気づくのが遅すぎた」

「コウモリがなんなのか、知ってるの?」センナが怪訝《けげん》そうにたずねる。「火星には存在しないはず……それに、ゴンダウァルカンに同じものが進化したなんて偶然、ありっこないわ。どんな姿だったか、描写してみて、ウェンキー!」

「姿かたちを描写しろってのか!」火星人はいい、からだを起こす。「ドラキュラの居城にいるのとまったく同じに見えた」

「頭のいかれた火星の侏儒め!」ルフスが悪態をつく。「コウモリなんて見たこともないくせに……船内所蔵の『夜の悪魔』のヴィデオを見ただけだろ」かれはトロトに向きなおった。「ウェンキーにはこういうことがよくあるんです。大変な子供時代をすごしたのか、周囲の人たちをおどかしたりたぶらかしたりせずにいられないところがあって」

「大変な子供時代をすごしたっていうのは、まちがいないわ」センナがにやける。「見ればわかるでしょ。十パーセントの大きさだもの。両親から、埃《ほこり》っぽく乾いた火星の土やアリのタマゴや酢水で育てられたんでしょうね。〝育てた〟といっても、大きくはならなかったけど」

トロトはがははと笑った。比較的せまい空間であまりにも長くいっしょにすごしてきた人たち特有のおふざけだとわかったから。

すぐにまたピラミッドに向かって歩きだす。スラドクとヴィーロ宙航士たちがつづいた。

しばらくして、ピラミッドの基部でなにかがぴかっと光った!

一秒にも満たないあいだで、あとはなにも起こらない。

それでもトロトは足をとめ、その場所の周囲を鋭く観察しながら、同行者たちに見たことを報告する。

「魔術師じゃないだろうか」ウェンケンが考えを口にする。「ゴンダウァルカンには、ほかに知性体がいるようすはないし」

「どこからそんなことがわかる!」トロトが応じる。「わたしもいやな予感がする。先に進むぞ!」

トロトが足を速めたので、同行者たちとの距離はひろがっていく。

先ほど光った場所までくると、いやな予感はさらに強まった。ピラミッドの壁に、幅三メートル、高さ四メートルの四角い開口部があった……そこから、ピラミッド内部に向かってまっすぐな通廊がのびている。赤みがかったどんよりした光に満たされていた。

トロトは一瞬ためらったのち、開口部に足を踏み入れた。通廊もやはり幅三メートル、高さ四メートルある。

同時に、宇宙服の探知機が反応した。

「エネルギー活動がある！」ハルト人は、まだ三十メートル後方にいる同行者たちに大声で伝えた。「エネルギー源は移動している。閃光が見えたとき、だれかがピラミッドに入ったらしい」

「魔術師か」スラドクが急ぎ足で歩みよった。

「だれであれ、シュプールを失いたくない」トロトが説明する。「行くぞ！」

＊

通廊を五十メートルほど進むと、四角いホールに行きついた。縦二十メートル、横十メートル、高さ五メートル、床はたいらにカットされたさまざまな色のクリスタルのモザイクだ。透明な天井から落ちる金色の光に照らされて、まるで生きもののようにきらきらと輝いている。

トロトはホールに駆けこんだ。中央に立ち、コンビネーションの探知装置の結果を計画脳に転送する。

「リフトのシャフトだ！」トロトは、同行者が追いつくのを待って告げた。かれが目を向けたのは、ホールの側壁にある六つの閉じたハッチ。そのうちひとつをさしめす。

「この奥のリフト・キャビンは上昇する」

「キャビン？」センナが訊きかえす。「反重力リフトではないんですか？」

「反重力キャビンだ」ハルト人が応じる。

その横のハッチの前まで行く。扉は自動的に開き、奥にリフト・キャビンの内部が見えた。

トロトはほんのすこしためらってから、キャビン内に進んだ。同行者たちがつづく。かれがセンサー・バーのいちばん上の光点に触れると、ハッチは閉じ、キャビンは飛ぶように上昇しはじめた。

四秒弱で停止し、ハッチが開く。幅がひろく天井の高い通廊が目の前にひらけた。

「あそこだ！」ウェンケン・ア・トムスが叫び、トロトの横を矢のように駆けぬけた。その先にヒューマノイドのかたちをしたものがいる。きらきらと強く反射して、長いあいだ見ていられない。

トロトは火星人の背中で交差するベルトをつかみ、リフト・キャビンに引きもどした。奥の壁に打ちつけられ、意識を失ったからだが床にすべり落ちる。

きらきら反射する姿は目にもとまらぬ速さで動き、青白く鋭く光るエネルギー・ビームをハルト人めがけて放射してきた。まともに命中する。だが、トロトの体構造はいち早く硬化していた。コンビネーションがこの転換をつねにおこなうので、傷は受けなかった。

トロトはすぐに反撃しない。その前に相手と交渉したいと考えた。

だが、そうする間もなく、通廊内の縦横にエネルギー軌道があらわれて炎を噴きだし、壁や天井、床から弾き飛ばされた。通廊は一瞬にして地獄と化した。

トロトはすばやく理解した。エネルギー・ビームは防衛システムから放射されたもので、権限を持たない侵入者に対する防御手段だ。つまり、きらきら反射する姿の者は該当する侵入者ということだ。

もうひとつ、魔術師がピラミッド内に住んでいるなら、反射する姿の者は魔術師の敵ということになる。

トロトはコンビ銃の安全装置を解除し、エネルギー嵐が消えるのを待った。まだ必要なら、侵入者を始末するつもりで。

だが、またしても予想外のことが起きた。

はげしい爆発。つづいて、重い装甲ハッチの破片が通廊に飛びちった。ハルト人と同行者はキャビンのいちばん奥に引っこんでいたので、被害はなかった。

ハルト人がキャビンを出ると、エネルギー嵐は消えた。

反射する者の姿はなくなっている。

その意味は推測できたが、トロトが推測を実行にうつすより先に、ほかのひとりが行動に出た。

スラドクがグラヴォ・パックを使って通廊を猛スピードで進み、爆発で生じた巨大な穴に突っこんでいく。もうもうたる煙がかれをつつむ。

「気をつけろ！」ハルト人がどなりつける。

すぐにあとを追った。距離が短いので、グラヴォ・パックはいらない。煙のカーテンを突きぬけ、内部の状況をひと目で見ぬくと、反射する者めがけて進んだ。その横に奇妙な衣服を身につけたヒューマノイドが床に倒れている。反射する者は、武器をスラドクに向けて発射した。生命ストッパーだ。高エネルギー・ビームによって、犠牲者の生命維持に欠かせない細胞プロセスをいきなりとめるので、一瞬のうちに死亡して塵と化してしまう恐るべき武器だ。

インターヴァル銃にセットされたトロトの武器が、反射する者を文字どおり粉砕した。そのときやっと探知装置の結果が出た。相手はきわめて複雑な生体システム部分を多く持つロボットだったのだ。

スラドクが助からないことは、ひと目でわかった。

そこで、ロボットの残骸のそばに横たわるヒューマノイドに近よる。

はっとした。その顔は人類に非常によく似ていたのだ。濃い顎髭《ひげ》を生《は》やし、ひらたいキャップの落ちた頭に、黒い髪が渦巻くように生えている。〝酔っぱらいのマント〟に似た衣服の袖にフリルがあり、ぴったりしたハーフパンツとバックルシューズ、装飾されたスモールソードを身につけている。

トロトの計画脳はなにひとつ忘れない。そのため、この人物の正体についての漠然とした推測は、まちがっていなかった。だが、かれも死をまぬがれまい。生命ストッパーの効果は、スラドクよりかなりゆっくりとはいえ、やはり進んでいる。

「魔術師だな？」かれは死にゆく者のほうに身をかがめて、中枢部言語でたずねた。

相手の顔に一瞬、笑みが浮かぶ。すぐにゆがみ、目から生気が消えた。

「ほかの者たちの力が強すぎた」蒼白な唇のあいだからささやき声が漏れる。「ブラック・スターロードについてのわたしの知識を、かれらは恐れていた。かれら、ミモトの宝石を……」

声はとだえた。からだが崩れて塵となり……先ほど横たわっていた場所に、影なきオベリスクがそびえた。

「サイノスだ！」ウェンケンがうしろから小声でいった。

「大群の監視者の生きのこりかもしれない」ハルト人が応じる。「いずれにせよ、M－87では異物だ。われわれにブラック・スターロードのことを知らせないために口をふさがれた。だが、キラー・ロボットに指示をあたえた者は、われわれがやってくることをどうして知ったのか?」

「あなたがかれらにしゃべったからだ」聞きおぼえのある声。

イホ・トロトはさっと振り向く。ドゥムフリーのスラドク提督の残存物である塵のそばに、スンヌーのジュファルが無傷で立っている。トロトはよろこびを感じた。

「ヌシュトで、ヴィールス船セグメントの司令室にいたときに」ジュファルがいいそえる。

「だが、あのとき、あなたのほかにはドルイス人シュダル・コン……それとヴィーロ宙航士たちがいただけだ」

「そのとおり」と、ジュファル。「移植用ベースの密輸についてスラドクから得た知識をわたしが話せば、あなたももっとよく理解できるだろう」

ふいにウェンケン・ア・トムスが恐怖に満ちた悲鳴をあげた。「だれだ、あれは?」ジュファルをさしながら、膝をがくがくと震わせてあとじさる。

「あとで説明する」ハルト人はいい、無言のオベリスクに目を向けてぞっとした。「まずは、すぐに宇宙船にもどり、ヤンヨクに向かう。ミモトの宝石とブラック・スターロードがどんな意味を持つのか、つきとめたい。ポヴァリスロング王がこれらを使って、M-87の全種族をおびやかすとんでもない犯罪をたくらんでいると思われるから」

「そうなるだろう」と、ジュファル。

「しかし、わたしが阻止すれば、そうはならない！」ハルト人はリフトに駆けこむ。

だが、かれは予感していた。この陰謀に対して自分は無力で、撲滅しようとすれば自分と連れは魔術師よりすみやかに死を迎えるだろう、と……

スターゲート

H・G・エーヴェルス

登場人物

イホ・トロト……………………ハルト人
ジュファル・アマ・スンヌー……白い皮膚を持つ謎のヒューマノイド
ルフス・ティラク…………………テラナー。ヴィーロ宙航士
センナ・ヴァルディヴィア………同。ティラクのパートナー
ウェンケン・ア・トムス…………火星人。ヴィーロ宙航士
ポヴァリスロング…………………ペレヴォン。ヤンガル星系の国王
ヌゲン・サート……………………密輸船《コンゴール》の船長
ハルツィド…………………………ミモトの守護者

1　ペレヴォン

「これがヤンガル星系か！」イホ・トロトが声を張りあげる。かれの乗るネットウォーカー船は、プシオン・ネットをはなれて四次元時空連続体にもどったところだ。数光時前方に、赤色巨星の大きく膨《ふく》らんだ恒星塊が見える……球状銀河M-87の中心部から力の集合体エスタルトゥの方向に四万五千光年のポジションにある。距離がはなれすぎているのと、M-87の恒星密度がきわめて高いのとで、肉眼では力の集合体エスタルトゥの光のしみすら見えない。

ヤンガル星系の惑星についても同じこと。

それでもハイパー走査機が精確にキャッチし、鮮明なコンピュータ画像が探知スクリーンに作成された。

八つの惑星のうち、興味のあるのは四つめのヤンヨク。〝M-87のけだもの〟と呼ばれるペレヴォンたちの新しい主居住惑星。その昔、かつての創造主たちの力をはげしく消耗させ、ダスティ・クイーン星系の崩壊で絶滅の危機に瀕した種族。

かれらはM-87の〝マスター〟たちと平和協定を結ぶ。その後、生きのこったペレヴォンは、中枢部の設計者たちからヤンガル星系を居住地とする許可をもらった。かれらの入植した第四惑星は、直径九万キロメートル、重力一・六G。カルスト地形、楽園を思わせる森林地域や牧草地帯、砂漠、大洋が適度に混じり合う環境は、当時けだものという悪評のあったタフな巨人たちにとって最適だった。

当時絶滅しかけたペレヴォンは、遺伝子コードが根本的に変異したおかげで、性交による生殖方法を獲得した。激減した個体数を増加させることができたのは、ひとえにそのおかげだった。

その後人口はさらに増加し、ほかの星系に植民地をつくるほどになった。M-87の平和を乱すことはもはやなくなったので、中枢部の設計者たちはかれらが拡張するのを認めた。球状銀河では生活に適する惑星が時とともに増加して、十億に近い数になった。千五百年前に力の集合体エスタルトゥからやってきた永遠の戦士がM-87に支配をひろげようとしたとき以来、中枢部の設計者たちはそれらが居住惑星となることを望んでいた。

というのも、惑星の人口密度が比較的高ければ、異人がこっそりと侵入するのを防げる可能性も高くなるからだ。

過去においてかなりのコストと労力をかけて構築された防衛システムとブルー中枢照明は、最新技術によってアップグレードされた。おかげで、M‐87に足場を築こうとする永遠の戦士のくわだては、これまで四回阻止された。

永遠の戦士の最後のくわだてのあと、中枢部の設計者たちは力の集合体エスタルトゥの諸銀河に偵察船を送ることにした。状況を探って、居住種族のなかに潜在的な同盟者がいれば見つけだすためだ。この危険なミッションにまず白羽の矢をたてたのが、けだものたちの末裔《まつえい》だった。

ペレヴォン種族のポタルウひきいる偵察船は、アブサンタ＝シャド銀河で広範囲にわたるスパイ網を築き、いくつかの事実を探りだした。戦争崇拝は、近い将来にソトをM‐87に派遣しないということも、そのひとつだ。

偵察船は、その後アブサンタ＝ゴムで同じ任務を遂行するはずだったが、乗員たちが必要な注意をおこたったため、移動したとたんに罠にはまった。

すぐに戦闘となり、偵察船はかなりのダメージを受け、乗員はみな死亡した……指揮官のポタルウをのぞいて。ポタルウはこのとき、エネルギー逆流によって故障した演算素子を交換するため、船載ポジトロニクス内部にいたのだ。

ポタルウはダメージを受けた宇宙船で逃亡し、ある白色矮星《わいせい》の第三惑星になんとか緊急着陸した。安全な避難所に思われたのは、じつは死の惑星だった。攻撃性のある植物胞子によって、船内ロボットのバイオニクスはすべて機能不全にされた。ポタルウの神経システムもやられて、神経回路の一部がブロックされた。搭載されていた医療用ハイバネーション・タンクに間一髪で入ったものの、すでにこうむった損傷は治癒不能だった。それ以来、医療用ハイバネーション・タンクから出ることもできずに生きながらえていた。

やがて、イホ・トロトが宇宙船の残骸を見つけて、その横に着陸した。しかし、破壊された宇宙船内に入ったとたん、植物胞子の攻撃を受けた。ペレヴォンとのちがいは、すぐに気づいて体構造を硬化させたことだ。そのため、胞子はトロトの体内で動きがとれなくなった。

トロトもやはり、医療用ハイバネーション・タンクに逃げこんだ。かれの場合、宇宙医療剤が快復に役だった……そして、ペレヴォンの夢を共有し、かれの負っていたミッションの重要な部分を知った。トロトは、Ｍ‐８７に遠征して惑星ヤンヨクのポヴァリスロング王を訪れ、ミッションの結果とかれの殉職を報告すると約束した。

それは数週間前のこと。ちょうどネットウォーカーのミッションがうまくかたづいたばかりだったので、イホ・トロトは祖先の故郷である球状銀河に向かった。

そこまで考えて、目を閉じる。

ふいに、何百年もたったような気がした。M‐87にあるヤンガル星系にアプローチしているのではなく、長い時空の旅を終えて友たちのところに向かって飛翔しているように思われた。

そして、またしても……こんどはかれらといっしょに……時空のかなたにあるなにかの内部に押し流されたような気がした。

だが、そんなことはありえない。目を開くと、ネットウォーカー船《ハルタ》の司令室にいて、恒星ヤンガルの火玉のような赤い輝きが見えたのだから。

ほっとして笑い、どっしりとした成型シートごとからだをまわす。コーティングされた壁の操作盤が目の前にきたところでとめた。この下部で、《ハルタ》船載コンピュータが忠実に任務をはたしている。

「タラヴァトス！」と、語りかけようとした。

ところが、発声器官は〝カットク〟という言葉を形成した……すぐに、高知能を持つ船載コンピュータの名はカットクで、ほかの名などないことを思いだした。トロトは成型シートをべつの方向にまわす。

見なれたジュファル・アマ・スンヌーの顔を見てほっとする。かれとともにヤンヨクに向かってスタートしたことはわかっていたから。

万事うまくいっている……

＊

ジュファル・アマ・スンヌーは、白い皮膚を持つ身長二メートルのヒューマノイドだ。いつものように共生体のラシュトを身につけ、予備シートにすわっている。ラシュトは見たところ、フード式ヘルメットのついたダークブラウンのレザーふうコンビネーションで、宇宙服の機能もはたす。

ベルトもラシュトの一部で、スチール製ウォーター・ボトルと一種のホルスターがついている。ホルスターに差してあるのは下腕の長さのスティック状の物体で、表面はメタリック・ブルーの輝きを持つ。

面長《おもなが》な顔についた瞳孔《どうこう》のない黒い眼球がハルト人を見つめる。

「だいじょうぶか、トロト?」と、インターコスモでたずねた。

「たぶん」トロトが応じる。「カットクが機能しないのが気になるだけだ。機会があったら、コンピュータを分解して故障個所を突きとめなくては」

「だが、いまは適切な機会ではない」と、ジュファル。「われわれの眼前にあるのはヤンガル星系……それと、ミモトの宝石とブラック・スターロードの謎」

「そのとおり!」トロトは低いくぐもった声で応じる。「それと、移植用ベースの密輪という犯罪をあばくこと。それについて報告があるといっていたな。スラドク提督に乗りうつっているあいだに、密輸がM‐87内のどのくらい広範囲におこなわれていたか、わかったのか？」

「部分的だが」ジュファルが応じる。「そのことを話す前に、《ローズィー・グリール》に交信してヴィーロ宙航士たちがぶじかどうか、たずねてくれ！」

トロトはドーム形の頭をまわし、司令室の透明な屋根から外を見た。二百メートルはなれた場所に、ヴィールス船《ローズィー・グリール》のプレート状セグメント三つがつなぎ合わされている。明るい光源がそばにないため、スカイブルーはめだたず、ライトグレイにしか見えない。

視線スイッチで船内テレカムをオンにする。探知されるおそれがあるため、ハイパーカムはヤンヨクとの交信が成立しないかぎり使わないつもりだった。

スクリーンが明るくなる。

《ローズィー・グリール》のメンター、ルフス・ティラクの日に焼けた顔がうつしだされた。

「そちら、異状はないか、ティラク？」トロトがたずねた。

「異状ありません。暗黒星雲と同じく」ルフスが応じる。

トロトの笑いが轟《とどろ》く。小柄なテラナーは、宇宙の主《あるじ》であるようなものいいをする。それがかれにはおかしかった。

「ハイパーカムでヤンヨクと交信するつもりだ」トロトは説明する。「ペレヴォンから進入・着陸許可がおりたら、飛行を続行する」

「それほどきっちりするのは、なぜです？」ルフスがたずねる。

「たとえわずかでもネガティヴな騒ぎとなるのは避けたい」と、ハルト人。「わたしをコルドン競技会からはずす理由を、ペレヴォンたちにあたえたくないからだ」

「出場にこだわるのは、なぜです？」ルフス・ティラクがたずねる。「得るものがあるとでも？」

「ミモトの宝石がほしくてたまらない、とか！」ウェンケン・ア・トムスがカラスの鳴くような高い声でいった。《ローズィー・グリール》のテクノ科学者である火星人の口調には、いつも棘《とげ》が感じられる。

ルフスは表情を変えない。トロトがＭ‐８７まで遠征してきたおもな理由はミモトの宝石であることを、ヴィーロ宙航士三名のうちかれだけが知っていたけれども。

競技会に参加する理由がミモトの宝石なのかどうか……そうだとして、謎の物体にアプローチするために競技会をどのように利用するつもりかということを、ハルト人はだれにも明かしていない。

「宝石のことはペレヴォンたちにいっさい話さないこと！」と、釘を刺すにとどめる。「かれらにうとまれるだけだ。では、のちほど！」

交信を打ち切り、ハイパーカムを作動させる。アンテナをヤンヨクの方向にのばすと、M‐87で一般的な呼び出しシグナルを送った。

三十秒とたたないうちに、ハイパーカム・スクリーンが明るくなり……ハルト人にそっくりな生物がうつしだされた。身長は四・五メートルと、イホ・トロトより一メートル高い。ずばぬけた背の高さと、波状の起伏のある装甲スキンから、明らかにペレヴォンだ。

「こちら、ヤンヨク宇宙管理局！」どなるような声が聞こえてきた。ペレヴォン種族の使う、やや訛《なま》りのある中枢部言語だ。「そちらの身元をいってくれ！」

トロトはここで、ハイパーカムの映像システムをオンにした。

ペレヴォンの有柄眼がいっぱいにのびる。スクリーンにうつる生物は、体格からいってけだもの種族とつながりがあるらしいが、どの種族に属するのか見当がつかないのだろう。一般のペレヴォンは、はるかかなたの銀河に住むハルト人のことを知らないからだ。

「宇宙船《ハルタ》のイホ・トロトだ」と、応じる。「力の集合体エスタルトゥの一銀河にある惑星サバルの宇宙港からきた……ペレヴォン種族の偵察員ポタルウからポヴァリスロング王へ、メッセージがある。ヴィーロ宙航士三名を乗せたヴィールス船《ローズィー・グリール》もいっしょだ」

「力の集合体エスタルトゥ？」ペレヴォンはいぶかしげにくりかえす。「永遠の戦士の手下なのか？　あなたの種族はなんだ、イホ・トロト？」

「わたしはハルト人」トロトが応じる。「われわれはけだもの種族に由来する。その昔、ドルイソラ銀河から亡命を余儀なくされ、はるかかなたの天の川銀河に新しい故郷を見いだした。つまり、われわれは祖先によって結ばれている。永遠の戦士についていえば、わたしは手下ではない。友たちとともに、かれらと戦っている」

「永遠の戦士に敵対しているのか」と、ペレヴォン。「ならば歓迎だ。ヤンヨクにようこそ。ポヴァリスロング王へのメッセージもあるというし。あなたの情報をポジトロニクスで送り、上司の決定をもらえばいいだけだ。しばらく待ってくれ！」

「わかった！」ハルト人はいい、ハイパーカム交信がとだえると、退屈そうにシートに背をもたせた。「官僚主義め！」

「まじめというべきだろう」スンヌーがいいなおす。「乗員たちの意図がある程度わかるまで、異宇宙船を領地の星系内に入れることはない。すでになんらかのデータがあるかどうか、ポジトロニクスに照会するのも、そのひとつだな」

「そんなこと、わかっている」トロトは声をたてて笑い、「あれこれ文句をいうのが好きなだけだ」と、応じる。

「論理の法則……」ジュファルは諭すように話しだしたが、ヤンヨクとのハイパーカムがふたたびつながったので、言葉を切った。

先ほどと同じペレヴォンが、モニターにあらわれた。

「イホ・トロト、宇宙管理局からの許可だ。ヤンガル星系に入り、惑星ヤンヨクに着陸してよろしい。《ローズィー・グリール》とヴィーロ宙航士たちも同様だ。かれらは当星系ですでに知られている。進入時にビーコンを出してくれ！　宇宙管理局の船一隻が、第七惑星と第六惑星の軌道のあいだでそちらに接近し、ヤンヨクに誘導する。そこで周回軌道に入り、着陸指示を待つこと！　理解したか、イホ・トロト？」

「すべて了解！」と、ハルト人。「感謝する！」

ハイパーカムを切り、《ローズィー・グリール》を呼びだしてペレヴォンの指示を伝えた。

アプローチに必要な詳細事項を同期させたのち、宇宙船二隻は加速して第八惑星の軌道を通過した。

光速以下で飛行したおかげで、ハルト人の密輸組織に関する知識欲を満たす時間がジュファルにはあった……かれの知る範囲内でだが……

＊

「知ってのとおり、わたしはドゥムフリーのスラドク提督のからだに侵入して乗っとった」ジュファルは報告する。「そのために、わたしのからだを事前に分子霧に分解した。手っとり早く比喩的にいえばだが。この形態でドゥムフリーに入りこみ、かれの意識を眠るエネルギーに変換した。意識については、わたしが優勢となった。二体を構成する物質が融合したとはいえ、スラドクの体重は変わらなかった。わたしの分子は複合体の質量結果を操作できるからだ」

「どうやって？」トロトは相手をさえぎる。

「このプロセスを学術的にきっちり定義するのは非常にむずかしい」ジュファルが応じる。「わが種族が長年にわたる進化によって獲得した能力だ。かつて、われわれはじつに高い進化段階にあった。全盛期のグルウルを訪れたなら、あなたなど原初惑星の原始生物に思われただろう」

先をつづけるジュファルの声が不安定に揺れる。

「いまのこっているのは瓦礫《がれき》の山と、退化してあわれにのらくら暮らすだけのおおぜいの同胞たちだ。われわれの昔の能力を持つのは、たったひとりの老スンヌー。グルウルへの復讐のために選ばれた、ゴジョー・アマ・スンヌーだ」

「だが、あなたはジュファル・アマ・スンヌー……あなたにも、かつての能力がある」トロトが口をさしはさむ。「ゴジョーが唯一の相続者というのは？」

「ゴジョーとわたしは同一なのだ」ジュファルは説明する。「あなたには理解できない、ある意味で……わたしの分子が複合体の質量結果を操作するプロセスが理解しがたいのと同じこと。この能力はわたしの遺伝子の深部に組みこまれているので、機能プロセスの詳細を意識しなくても機能する」

「わかった」と、トロト。「タルカンには驚くべきことがいっぱいだったんだろう……ヘクサメロンが潜在的ライバルをかたっぱしからかたづける前の大昔には」かれは内心ぞっとした。「タルカン宇宙と通常宇宙の境界がいまは不通となってよかった。だが、それはもういい。すまん、報告をつづけてくれ、ジュファル！」

　ジュファル・アマ・スンヌーの黒い眼球は、永遠の深淵を見やるかに思われた。

「スラドクの意識が眠るエネルギーに転換したときと、そこから通常意識にもどる逆のプロセスの、二度の短いタイムスパンに読みとれたのは、かれの記憶のほんの一部にすぎない。だからM－87銀河の移植用ベースを密輸する犯罪組織について、くわしいことはわからない。それでも、この組織がM－87全域に、有機生物体内の神経システムと同様に張りめぐらされていることはわかった。

　知性体はいないが、きわめて複雑な有機分子の開発が可能な、前段階生物の存在する惑星は何千とあるはず。そうした生物はすでにつながり、というか、原始生物の基準を満たす植民地を形成している」

「ヌシュトのように？」トロトが訊きかえす。

「ヌシュトのように」ジュファルが応じる。「変化したか、またはより高度に進化した形態で、ほかの惑星に植民した。つまりは無生の有機物質から有生の有機物質への移行段階にあるもの。

　この結合段階のものがもっとも操作しやすいことは、わかるだろう。まだ特化されていないからだ。これがあれば、Ｍ－８７にひろく普及している高度分子生物学によってほぼどんなことでもできてしまう。

　大部分は、諸種族と文明の繁栄のために利用されてきた。だが、例外もある。のちに知性体になるかもしれない生物を犠牲にして私腹を肥やすことに、なんの良心の呵責《かしゃく》も感じない者たち。野心と権力欲がとにかく強くてなんのタブーも持たない者たちの設立した組織は、前述した高度に複雑な有機分子や分子結合を低コストな地域で入手する。これを移植用ベースとして秘密のラボ惑星に密輸し、そこで遺伝子を操作して複雑な結合に培養する。最終的にあらゆる臓器移植に使える代替臓器を形成する」

「いわゆる臓器の闇市場ってやつか」トロトが相槌《あいづち》を打つ。

「臓器犯罪組織だ」と、ジュファル。「長寿、できることなら〝永遠の若さ〟を手に入れる財力を持つが、合成移植用ベースから合法的に製造された代替臓器の順番待ちリストに登録して自分の番がくるまで待つのがいやだという、Ｍ－８７に住む全知性体を対象とする」

「なるほど」トロトが応じる。「そうした現象は、残念ながら有効な規制手段を導入していない文明のどこにでもある。で、ヤンヨク王はほんとうにこの犯罪組織を統率しているのか？」

「それについては、スラドクはなにも知らなかった。だが、臓器密輸の運び屋が、組織上層部がだれかといったことを聞いているとは思えない」

「ボスたちは舞台裏か」ハルト人はうなるように同意する。

「だと思う」と、ジュファル。「ヴィーロ宙航士たちが耳にした噂がまったく根も葉もないものでなければ、ポヴァリスロング王はすくなくとも組織内で重要な役割をはたしているはず」

「それを突きとめるためにヤンヨクに行く。ほかにもいくつか理由はあるが」トロトはここでいったん言葉を切る。それから、「まったく根も葉もないものでなければ、重要な役割をはたしている」と、ジュファルの言葉の一部をくりかえした。「典型的なテラのイディオムだな。わたしが知っているのは、テラナーたちと長年いっしょに任務をこなしてきたためだ。それと、そうした表現をできるだけたくさん使いたがる奇癖が、船載コンピュータにあるから。だが、あなたはなにも知るまい、ジュファル」

「なぜ、そう思う？」

「これまでテラナーともカットクとも縁がなかったはず」と、いいかけて、またしても言葉を切った。「ずっとそう思っていたんだが、もしかして……」

センテンスの途中でやめる。ジュファルにその先をいわせたかったから。

だが、相手は乗ってこなかった。いわば精神をオフに切りかえ、見たところ深い瞑想の状態に入ったらしい。黒い眼球の表情に哀愁と悲しみが色濃くあらわれている……すくなくとも、トロトにはそう思われた。感受性の強いかれは、口を閉ざすほかなかった。

＊

第七惑星と第六惑星のあいだの周回軌道に達した《ハルタ》と《ローズィー・グリール》に接近してきた宇宙管理局の宇宙船は、イホ・トロトがアブサンタ＝ゴムで発見した難破船とよく似ていた。

偵察船は全長五百メートルもあり、細長く角ばっていたが、こちらは百三十メートルと小型でまるみがあり、エレガントな印象をあたえる。船尾についた水平尾翼と垂直尾翼は、惑星大気圏内の操縦用だ。そのうえ偵察船をいくぶん不格好に見せていた中部にあたる湾曲したセグメントもついていなかった。

偵察船と迎撃機が合体したもの！　機体の外観から、そう思われた。

相手方の船長と短い交信で合意すると、《ハルタ》と《ローズィー・グリール》はペレヴォン船につづいて赤色巨星第四惑星へのコースについた。

あとのプロセスはルーチンだ。惑星ヤンヨクに接近し、周回軌道に入る。同行した偵察船からはなれて着陸指示を待ち、指定された宇宙港のコンピュータからの連絡とビーコンにしたがって着陸操作をおこなう。

宇宙港があるのは、幅のひろい川が大洋に注《そそ》ぐ、海岸の河口地帯のすぐ向こうだ。敷地はかなりひろく、植林された三日月形の人工丘が、二キロメートルはなれたところにある大都市と宇宙港をへだてている。

都市の面積はテラニア・シティの十分の一だが、建造物の密度と、軍隊基地を思わせる建築だけをとっても、強い印象をあたえる。

構造からいうと、不規則につくられたスズメバチの巣といったところか。六面体、八面体、十二面体の大小さまざまな構造物が、なんの規則性もなく上部や側部にのびている。それらをへだてる公園も道路もない。交通路は、むしろハニカム丘らしい。辺縁部は高さ五十メートルほどだが、しだいに盛りあがって中心部では四百メートルになっている。リニアモーターカー軌道、個人カプセル用トンネル、垂直に走る反重力シャフト、カタツムリの殻のように渦を巻いた通廊には搬送ベルトがそなわっている。

細長いシリンダー状の塔が、見たところあちこちてんでにそびえている。もっとも高いもので三千メートルあり、ぜんぶで九百棟だ。都市の境界には、高さ四百メートルの半球形ドームが、千メートルの間隔で建ちならぶ。分子圧縮メタルプラスティックの外殻がスチールブルーの光をはなつ。ハニカム丘の黄と茶の色調に対して、冷たく威嚇《いかく》的な印象がある。

「これと似たものを、紀元二四三六年に見たことがある。ダスティ・クイーン星系の第二惑星パウペルで」トロトがうわのそらでいった。驚くほど小声だ。「最大の都市はドラゴル。とてつもない構造物で、眼下の都市よりはるかに大きい。だが、そこもやはり多数のドーム状建造物にかこまれていた。莫大な軍備を持つ防御要塞群。個々の武器の貯蔵エネルギーだけでも、当時のわれわれのギャラクシス級超弩級戦艦百五十隻に相当するほどの量を持っていた」

語りながら、宇宙船に装備されたハイパー走査機をドーム状建造物ひとつに合わせた。さらに三つをスキャンする。

「防御要塞ではない」安堵して伝える。「転送ステーションだ。ペレヴォンたちの戦闘的性質は、ほんとうに治ったらしい。それに、かつてのような絶滅の危機にも瀕していない。中枢部の設計者たちが増殖に対する病理学的な危惧からあらゆる手段を使ってすべてのけだものたちを抹消しようとしたときとちがって」

過去への想いをふりはらう。《ハルタ》と《ローズィー・グリール》は宇宙港の指定された区画にならんで着陸した。グラスファイバー・ベトンを敷きつめた広大でからっぽの土地。隣りの宇宙船……おそらく大型宇宙貨物船……は、数キロメートルはなれた位置にある。

代表団がそちらに向かっている、と、塔から連絡がきた。代表団は訪問者を都市チャップイ＝ヘロスに案内し、そこからポヴァリスロング王の居城に移送するという。ハルト人、ジュファル、ヴィーロ宙航士三名は下船し、非権限者が船内に侵入しないよう防御バリアをオンにした。

まもなく黒い大型グライダー六機があらわれ、五名のペレヴォンからなる代表団が降機した。相互の自己紹介につづいて歓迎の挨拶を述べると、王城まで同行してアドバイスやサポートをするつもりだ、とスポークスマンが請け合った。かれらは監視役だとトロトは確信したが、とがめる気にはなれない。異星人に対して用心するのは、ハルトでも同じだ。

二十分後、三日月形の丘の反対側のトンネルからさらなるグライダーが出現した。宇宙港とチャップイ＝ヘロスのあいだのバリアの下部を通過するトンネルだ。

訪問者たちは巨大な都市の〝ハニカム丘〟を眺めて感心する間もなく、すぐに転送機ドームに案内された。

ハルト人は細部にいたるまで注意深く観察し、計画脳に保存していく。基本的に新しいものではない。何千年も前からある機能原理が、徐々に改良されてきた確実な技術。ペレヴォンの転送システムもそのひとつ。アルコン人のケージ転送機、アコン人やテラナーのアーチ道転送機と同じ機能原理を持つ。唯一の相違は、転送ポールが格子《こうし》と同一ではないし、効果ゾーン両側に円柱として設置されてもいないこと。効果ゾーンのスチール床下部と、その上の天井内部に組みこまれているらしい。

訪問者たちは、世話役とともに直径十二メートルのどっしりとした床プレートの上に立つ。ペレヴォン一名がコマンド・アームバンドを使って転送機をオンにした。

ハルト人の身体・精神ともに上位次元エネルギーに転換され、目標に放出される。きらきらする放出の瞬間、ジュファルの立っていた場所に、黒くて細い蜘蛛の糸のようなものがごちゃごちゃに絡みあっているように見えた。

だが、それはまちがいなく重層高エネルギーの影響による錯覚だ。ハルト人と同行者たちが受け入れ部で実体化したとき、その現象はもうなかったからだ。ジュファルがそこに立っていた。

「王城に着いた」世話役のなかの最高位者が告げる。「謁見ホールまでついてきてくれ！」

*

一行は通廊を進んでいく。壁がヴィデオ・スクリーンになっていて、中枢部の設計者たちと和平協定を結んでからのペレヴォン史が動画でいきいきと描写される。ナレーシヨンは神秘的なささやき声だ。十分歩くと、納屋くらいの大きさの、鍛造ゴールド・プレートの門戸までできた。

ペレヴォン十名はみな、軍服に似たユニフォームを着用し、武器を携帯している。だが、武器は害のない装飾品だとすぐにわかった。ペレヴォン大の戦闘ロボット十体ずつ、門戸の左右に直立している。紀元二四三六年に製造されたテラのパラディン型戦闘ロボットに似ているだろうか。ロボットは見たところ武器を持たないが、ドーム形の頭、胸部中央、四つの手の全指先に非常に細いスリットがあるのを、トロトの熟練した目は見ぬく。パラライザー、麻痺ビーム、インターヴァル・ニードル銃……それと、おそらく……トランスフォーム砲もそなわっているのだろう。

この事実から、わかることがある。

ポヴァリスロング王は、生きたペレヴォンのボディガードではなくロボットに身の安全をまかせたい封建領主なのだ。

「イホ・トロトはわたしのあとにつづけ！」最高位の世話役が告げる。「ほかの訪問者は、しばらく外で待つように」

「立ってろというのか？」ウェンケン・ア・トムスが文句をつける。「重力一・六G、ニワトリの卵が産まれたとたんに割れるというのに！」

「ここにニワトリはいないわ！」センナ・ヴァルディヴィアがきっぱりといった。

イホ・トロトはがははと笑う。

重力への心配はない。かれは平気だし……ヴィーロ宙航士たちのセラン防護服には当然のことながらミニ反重力装置がそなわっているので、グラヴォ・パックをオンにしなくても十Gまでなら一Gに軽減できる。

ゴールドの門扉が両側に開くと、トロトは声をとめた。背後は明るいブルーに輝いている。

ハルト人は輝きにつつまれて案内人のあとからどしどしと進んだ。床はブラック・クリスタルのプレートで、ぴかぴかに研磨されている……前を行くペレヴォンがすばやくわきに三歩、移動した。前方にある断面が正方形の光源のないシャフトから巨大な王座が浮上し、謁見ホールの床から半メートルの高さに停止した。

効果ねらいか！　トロトは一瞬、見くだした判断をする。

しかし、もう一度王座を見て、最初の印象を訂正した。浮遊する王座は効果ねらいとまったくちがう意味があったのだ。

ヤンヨク王の持つ、非常に強い安全性へのニーズ！

貴金属や宝石を使ったゴージャスな装飾にかくれているのは、高性能の小型高エネルギー発電システムを台座にそなえた偽装された戦闘ステーション。防御バリア・プロジェクター、あらゆる種類のビーム兵器、〝射出座席〟の機能をはたす一名用転送機がそなわっている。装置全体を操縦・調整するマイクロ・ポジトロニクスは、王のメンタル・インパルスに反応するのだろう。

事実を見ぬいたときハルト人が感じたのは、畏怖や猜疑《さいぎ》心ではない。どんな相手も自分の命をねらいかねない潜在的な敵とみなすか、または被害妄想に病む王に対する憐憫《れんびん》だった。

だが、もちろん感情を表に見せることはない。こうした状況では如才なく立ちまわるのがつねだ。

それはいま、ポヴァリスロング王の前に不動で立ち、相手が話しかけるのを待つこと。

相手も急ぐようすはない。外交上のかけひきを心得ているのだろう。

六分が経過したのち、相手はようやく咽頭《いんとう》を開いた。低く轟く声で、「ようこそ、わが惑星へ、イホ・トロト！　あなたはわたしのプライヴェートな客だ。ヤンガルが二度のぼり、二度沈むまで」

トロトは落胆を感じた。

ヤンヨクは十八時間周期で自転する。つまり赤色巨星が二度のぼり、二度沈む時間は三十六時間。

期限つき滞在許可か？

九日後にはじまるコルドン競技会に参加する夢は、どうなる？

トロトは落胆を表に出さない。競技会のことを自分から持ちだすつもりはない。ポヴァリスロング王のほうから客に参加をすすめるよう仕向けるのがねらいだ。

「感謝する、わが王！」と、トロト。

「どうも！」ポヴァリスロング王は善意に応じる。「わたしへの伝言があるそうだが」

「そのとおりだ、わが王」ハルト人は説明する……胸郭の奥から低い不平の声が漏れ、あえぎに変わった。「失礼！」と、いいそえてから先をつづける。「忠実な偵察員ポタルウより、報告をたのまれた。かれとその部下がミッション遂行中にエスタルトゥ帝国で殉職したことを」

「ポタルウはもっとも忠実な者だった」ポヴァリスロング王がうなるようにいった。トロトは、テラのヴィデオカセットで観たニーベルンゲン伝説のワンシーンを想いだした。情念たっぷりに風刺するシーン。「だが、ポタルウのようなスペシャリストは、死ぬためにいるのだ。とはいえ、その前におのれの任務をはたしたと願いたい」

「おそらく」と、トロト。「いずれにせよ、あなたと中枢部の設計者たちに報告するよう、依頼を受けた。力の集合体エスタルトゥの永遠の戦士たちがここしばらくあらたなソトをドルイソラに派遣することはない、と」

またしても胸郭の奥からうなりが漏れた。先ほどより大きく……そして、またしてもあえぎに変わった。

ポヴァリスロング王は、有柄眼をいっぱいにのばしてハルト人を凝視する。同時に浮遊戦闘ステーションの防御バリア制御装置がちかちかして、スタンバイ状態に入った。

だが、ペレヴォンはまだ好奇心をおさえている。

「永遠の戦士たちがしばらくのあいだ、あらたなソトをドルイソラに派遣しないのはなぜか、ポタルウは理由をいっていたか？」

「いいや、わが王よ」トロトが応じる。「死ぬのが早すぎた。それでもわたしは知っている。永遠の戦士たちが影響領域の拡大に手をかけられないのは、力の集合体内部の抵抗組織が温度を上昇させたからだ」

ポヴァリスロングはしばらくなにもいわない。それから、たずねた。

「温度を上昇させた……？」

「かれら、下から火をつけ……！」いいかけて、はっとした。またしてもテラのイディオムを使ってしまったから。ペレヴォンにはちんぷんかんぷんなのに。あらゆる超越知性体にかけて！ハルト人はうなる。ほんとに病気か！

「わたしをふくむ抵抗運動活動家たちが、永遠の戦士の基地を攻撃・破壊している。補助諸種族の宇宙船を狩って打撃をくわえ、後方支援組織を絶とうとしている」

「もちろんだ！」ポヴァリスロングは賞讃して……こんどは見るからにからだをびくっとさせた。トロトがまたしてもうなり声を発したから。しかも、床が振動するほどに。

王座に偽装した戦闘ステーションの周囲にちかちか光る防御バリアが形成された。

「わたしの心は癒《いや》されない！」トロトが声を張りあげる。「わが王、あなたのそばから退去させてくれ！　わたしは、最強の永遠の戦士たちとの戦いに調整され、プログラミングされている。遺伝子にしっかり固定され、いわば火山のように煮えたぎっている。噴火が起これば、わたしのからだは敗北を知らない有機戦闘マシンと化す。いまのところ、自制できている。あなたに対する偉大な崇拝と敬意があるからだ、わが王。だが、まもなく存分に暴《あば》れさせてもらえなければ、自制できなくなってしまう」

「それはすばらしい！」ポヴァリスロングが吠えるような声を出す。そのあいだに戦闘ステーションのスロットが開き、十二の発射口がハルト人に向けられた。「コルドン競技会のラストを飾る戦闘競技プログラムに出れば、すばらしい見ものになるだろうに。残念ながら、そう長くは自制できまい」

「せいぜい十日。無人地域で充分に湯気を出せたら。つまり、ありあまる力を発揮させられれば」

「せいぜい十日」ポヴァリスロングは考えこみながら相手の言葉をくりかえす。「今年のコルドン競技会が予定どおりに開催されればなんとかなるだろう。しかし、残念ながら三十日延期することになった。惑星ポムペオ・ポサルで問題が起きて、最大スポンサーのオケフェノケースがそれより早くはこられないから……オケフェノケースなしにコルドン競技会は開催できない」

「三十日？」トロトがおうむがえしにいった。「そう長くはもたない……どこかで毎日暴れさせてもらえなければ。宇宙空間にもどる。そこならプログラミングは圧倒されない。お願いだ、わが王、それまで同行者とともに当惑星から退去させてもらいたい」

「許可する！」ポヴァリスロングは応じる。「どのみち宇宙空間に行くのなら、任務をひとつはたしてほしい、イホ・トロト。真の戦士を必要とする任務だ」

「もちろんだ、わが王！」ハルト人は応じる。いまやえり好みしていられない。ポヴァリスロングに策略を見ぬかれ、体よくあしらわれた気がして、腹がたった。

だが、発言してしまったからには、メンツを失うことなく訂正はできまい……おそらくコルドン競技会に参加するチャンスも失われるだろう。

「任務をうまくはたせば、きみには名誉と栄光があたえられる」ポヴァリスロングがいう。「ドルイソラ辺縁部に位置する一惑星に、ブラック・キューブと呼ばれる物質がある。一種のデータバンクで、いい伝えどおりなら、これを使って太古の銀河間搬送システム路線図を再現できる。ただし、その惑星に着陸してブラック・キューブを持ち去るのは、そうとうな困難をともなう。なぜなら、第一にこの惑星は秘密の場所にある。第二に、怪物が見張っていて、これまでブラック・キューブを探しにいった者はみな殺されたらしい」

うまいことを思いついたな！　トロトは心に思う。わたしを永久に厄介ばらいするつもりか。わたしがミモトの宝石をねらってヤンヨクにやってきたと疑っているから……たしかにそのとおりだが。

　トロトは大声で説明する。

「これだけの訓練とプログラミングがあるのだから、わたしを殺せる怪物などいない。信頼してもらって光栄に思う、わが王。惑星の座標をおしえてくれれば、ブラック・キューブをとってくるぞ！」

　浮遊戦闘ステーションの防御バリアが消えた。ただし、武器はハルト人に向いたままだ。

　ポヴァリスロングとトロトのあいだに長いサーヴォ・フィールドが構築された。外側の先端部に不可視のエネルギー繊維でつながったカプセルがある。

「クリスタルの内部に連星ヌレッグ＝ラッダシュの座標がある」王が説明する。「その唯一の惑星トフタルにブラック・キューブが存在し、怪物ガイジンが見張っている。戦いの成功を祈る、イホ・トロト」

「感謝する！」トロトは半分うわのそらで応じる。ブラック・キューブは、ミモトの宝石がその鍵だというブラック・スターロードとなんらかの関係があるのでは、と計画脳が疑問をいだいたからだ。

「きみの同行者は、当然ここにのこる」ポヴァリスロングはいいそえる。「わたしの客として。トフタルは、どのみちかれらには危険すぎる」

「承知した」と、トロト。「ジュファルは例外だ。かれとわたしは一チームだ」

「おのれの責任で」王が応じる。

「責任はとる」トロトはいい、メモリ・クリスタルをエネルギー繊維からつまみとる。

「ではまた、わが王！」

門戸まで後退する。ふたたび開いた扉をぬけ、謁見ホールから去っていった。

2　惑星トフタル

NGZ四四六年二月。《ハルタ》はプシオン・ネットをはなれて通常空間にもどった。船首前方にあるのは、たったひとつの光点をのぞいて銀河間空間の奈落の底のような闇。

いずれにせよ、肉眼にはそう見える。

ネットウォーカー船の探知システムには、はるかにたくさんのものが〝見える〟。

ハルト人の視覚および知覚能力に調整した、何百という数の球形の凝集星団の映像が探知スクリーンにうつしだされた。M-87の擁する球状星団一千個のなかからハイパー走査機が広角捕捉した映像だ。

壮観な眺めだが、イホ・トロトはつかのま注意を向けただけだった。かれはそのとき、連星ヌレッグ＝ラッダシュとその唯一の惑星トフタルについての情報を得ようと力を注いでいた。いまのところちっぽけな光点として見えるにすぎない。

ハイパー走査機のビームを宇宙空間のその一点に調整しながら、昔から心にひそむ冒険欲にまたしても捕われたことを、トロトは批判的に感じとった。

テラ暦二四〇〇年、天の川銀河をはなれてアンドロメダ銀河への大跳躍をくわだてるテラナーたちに合流することにした。あのときと同じく、いまも衝動洗濯期に入ったのだろうか。

いや、そうではない。

自分を突き動かすのは衝動洗濯ではない。ときどき死の願望をいだきそうになる、おのれの個性の一部に動かされたのだ。ポヴァリスロング王が、ブラック・キューブを監視する怪物ガイジンの姿として死の危険に言及した。それが、かれの死の願望を目ざめさせたらしい。

かれはこのとき悟った。自分は命の危険をいとわず、やみくもに冒険に飛びこもうとしている、と。

ポヴァリスロングは、それが理由で、そしてただそれだけのためにトフタルに自分を送ることにしたのだ。

低く長いうなり声が、かれの口から漏れる。作業アームのこぶしで成型シートの肘かけを打ちつけた。ハルト人用に設計され、製造されたシートは、乱暴なあつかいに持ちこたえた。

気をしずめるのに数分を要した。《ハルタ》がM‐87辺縁部から連星ヌレッグ＝ラッダシュへ自由落下で移動するあいだ、かれはシートにしずかにすわっていた。

それからわれにかえり、心を決める。

「いや、あんたのいうなりにはならんぞ、ポヴァリスロング！」低い声でいった。「死の願望に乗っとられて未知の危険に突入はしない。あんた、有能な宇宙心理学者で、しかも冷酷だ、ポヴァリスロング。わたしの心を見ぬき、コルドン競技会に出場してくれとあんたからたのんでほしいことを察した。ミモトの宝石のことを知ったから、優勝した褒美としてそれを見せてもらいたいと願っていることを読みやがった。

わたしの策略をねじまげて、自分にもどってくるようにした。だからあんたの任務を引き受けるしかなかった。もちろんあんたの望みは、わたしがトフタルで命を落とすこと。だがな、あんたの判断は最終的にまちがっていた。過去数千年にわたしがどれだけの有益な経験を積んだか、あんたにはわかってないからだ。

おかげで死の願望を克服し、冷血さをとりもどした。また会おうぜ、ポヴァリスロング！」

「正しい考えかただ、トロト」よく響く声が賞讃する。「引きかえせ！　トフタルですることはないぞ。コルドン競技会がはじまるまでの三十日間を利用して、Ｍ‐８７の状況をもっとよくつかめばいい。中枢部の設計者たちに連絡をとれ！　内空間にいるかれらを訪れよ！　球状銀河の歴史を操る九思考者に力の集合体エスタルトゥのことを報告するんだ！　臓器犯罪組織についての知識をかれらに伝えよ！　かれらは艦隊連合をつけてくれるはず。艦隊を引き連れてヤンガル星系に行き、ポヴァリスロングに圧力をかけてミモトの宝石を出させればいい」

ハルト人は、ドーム形の頭をまわして予備シートにすわるジュファル・アマ・スンヌーをじっと見た。いまだに謎だらけの生物。秘密を明かすよう強制はできない。それでも、これまで友であることをしめしてくれた……そのほうが、相手の秘密を知るより重要だ。

だが、ジュファルの助言にしたがおうとは思わない。

「九思考者は、ほかの中枢部の設計者たちと同じく臓器犯罪組織の話を信じないだろう。呈示する証拠がないんだから」トロトは説明する。「ポヴァリスロング王がM-87で勢力を張ろうとしている、と異人のわたしがいっても、耳を貸す者はいまい。一笑に付されるだけのこと」

「だが、ポヴァリスロング王の任務をはたさずにヤンヨクにもどることはできまい。自分でババを引くことになるぞ。競技会に出場させない口実をポヴァリスロングにあたえることになってしまう。おのれのメンツを傷つけることなく、あなたにヤンヨク上陸許可を拒む可能性もある」

「それはわかっている」トロトは応じ、有柄眼を長くのばしてジュファルを射るように見た。「わからないのは、あなたが当然のように口にするテラのイディオムを、どこから知ったのか。わたしからとはいわせない！　わずかしかないし、あなたの前では使ってないんだから……〝ババを引く〟とか〝メンツを傷つける〟とか、どこで知った？」

「それがいま、重要なのか？」ジュファルは訊きかえし、おちついてハルト人の視線を受けた。

「いいや」しばらく間をおいてから、トロトはいい、ふいに笑いだした。「知識欲を満たしたかっただけだ、ユウレイ。いいだろう、秘密にしておけばいい！　では本題にもどる。わたしはUターンする気はない。トフタルに上陸し、ブラック・キューブを探しだして手に入れるよう手をつくすつもりだ。そのさい、これまでの人生で魂に刻みこんだ、消去不能な警戒措置のすべてを念頭におく」

「魂に……？」ジュファルが皮肉っぽくくりかえす。

「ハルト人だってときには詩的な表現を使う」と、トロト。「ÜBSEF定数より、魂のほうが詩的に響く。わかるか？」

「おそらく」と、ジュファル。「警戒措置がガイジンから身を守るのに役だつとは思えないが。トフタルで殺されると確信したからこそ、ポヴァリスロングは任務をあたえたはず」

「ならば、やつを落胆させるために尽力する」トロトはすこしも動じない。「わたしがこれほどムキになるのはなぜか、わかるか？」

「わかる気がする」ジュファルが応じる。「ミモトの宝石が鍵だというブラック・スターロードの情報が、ブラック・キューブから得られると踏んでいるな」

「ズバリだ！」ハルト人はがなり声でいい、すぐに口をつぐんだ。やがて小声でいいそえる。「ま、むずかしくもないか。ポヴァリスロングは、ばかなハルト人のわたしですら餌《えさ》に食いつくほどはっきり表現したんだし」

「自身を過小評価しすぎだ、トロト」ジュファルは真顔で否定する。「あなたがばかなハルト人だと一瞬でも思っていたら、ぜったいトフタルに同行しない」

イホ・トロトはなにもいわない。数秒後、ひとことだけ発した。

「ジュファロス！」

この言葉は、千冊の書物よりも多くを語っていた。

＊

「信じられない！」イホ・トロトはうなり声をたてた。《ハルタ》はヌレッグとラッダシュのあいだの空間に飛行していく。「トフタルがあるのは、ふたつの恒星のあいだで潮汐力に引き裂かれず、極端な物理条件にさらされることもない唯一のポイントとは」

通常スクリーンと探知スクリーンをじっと観察する。

赤色巨星ヌレッグは核燃料消費が大きく、そのぶん多量のエネルギーを放射する。一方、ちいさな光のラッダシュは白色矮星で、発展段階の最盛期をはるか昔に通過していた。

ふたつのコンポーネントは、共通の重力ポイントを中心に周回し……そのあいだに、テラの一・五倍の重力で自転する惑星がある。

それが、トフタルだ！

「信じられないというより、ほんとうとは思えない」ジュファルが訂正する。「このような連星が一億あったとしても、これほど好都合な条件の惑星をひとつだけ持つものは、ほかには存在しないだろう」

「わたしがいいたかったのも、それだ」ハルト人が説明する。

探知機の精度をあげる。いまや宇宙船はエンジンを停止した状態で、計画脳が精密に計算したらせん軌道を進んでいく。エネルギーを放出せずに、ひそかにトフタルに着陸するために。

「砂漠惑星」しばらくしてから、トロトがコメントする。「大洋なし。河川なし。ひとつにつながった陸塊あるのみ。植生なし。そのため、酸素呼吸生物が必要とする大気圏はないはずだが、存在する。気圧一・三七四二九バール。窒素、酸素、二酸化炭素、希ガスの混合。主としてヘリウムからなる希ガスのほか、水蒸気。大気圏上層部平均気温は四七・八三度」

「有機プロセスに好条件だな」と、ジュファル。

「特定の有機プロセスがなければ、このような混合大気圏は存在しない」トロトが同意する。「つまり、ガイジンは有機生物の可能性がある。ただし、脳波デテクターの反応はない。まだ距離がありすぎるのかも。トフタルの軌道を充分に周回したのちも振れがなければ、ガイジンはロボットかもしれない」

「非権限者が惑星に着陸したとたんに活性化するのかも」ジュファルがいった。「ガイジン……それとブラック・キューブ……をどこで探せばいいのか、ヒントは見つからないわけか」

「時が満ちれば、鍵が得られる！」トロトはいい、すぐに発作的に笑いだした。またしてもテラのイディオムを使ってしまったから。

　ジュファルとトロトがしんぼう強く待つなか、《ハルタ》はやがてトフタル周回軌道に入った。惑星を何度も周回しながら、探知システムで地表をくまなくスキャンしていく。

　五分とたたないうちに、特異性がキャッチされた。

「廃墟都市！」トロトが探知スクリーンを観察しながらいった。高台の壁がテラス状に谷底に向かってしだいに下降し、規則的に形成された物体がびっしりとならんでいる。

「つまりトフタルは居住惑星だったのか」ジュファルが考えを口にする。「巨大な谷底が大洋だったんだろうな。あそこの廃墟はかつての港町のなごりか」

「それは確実だと思う」ハルト人が応じる。「だけど、この認識にどう手をつけたらい い？ それに、滅亡した文明の死に絶えた遺物を目にすると、どうしても気がめいる」

「なにもできまい」ジュファルが考えを口にする。

ふたりは、ふたたびしんぼう強く待つ。

ネットウォーカー船は砂漠惑星をいくどとなく周回し……いくつもの都市の廃墟の上空を通過した。もとは海岸や河岸地域で、川や海が干あがるとともに命の消えた都市の残骸なのだろう。

やがて、ほかのすべての廃墟にくらべてはるかに大規模な都市廃墟を、探知システムがとらえた。ふたつの干あがった河川のあいだにある。

わりと原始的な石と圧縮粘土からなる建物の廃墟のあいだに、ドーム状建造物が無数にあるのがわかった。ドームの上部に、塔のような尖端がそびえている。非常に硬く焼きあげた物質のため、大部分の建物が荒廃してもなお持ちこたえているのだろう。

「惑星首都だったのかも」ハルト人がいった。「これだけの規模でよく維持された建造物は、トフタルのほかの場所にはない。すでに惑星上空をくまなく飛んで地形を確認したから、たしかだろう」

《ハルタ》を減速させ、遠方周回軌道にもどす。それから大気圏内に導き、都市の中心部にある広大な広場に向かった。周囲をかこむ十二棟の巨大なドームはすべて、ミナレットを思わせる尖塔を持つ。

テラを何度も訪れ、ほとんどの観光名所をよく知るハルト人の心にも、そうした連想が生じた。かれが思い描いたのはイスタンブールのアヤソフィアモスク。この建築に、深い印象を受けたことがあった。

《ハルタ》が広大な広場に着陸すると、連想はすぐに消し飛んだ。じかに見えるドーム状建造物の側壁は、テラのモスクのそれとまったくちがっていた。高さの半分まで、基面が八角形の星形なのだ。重厚な台座に鎮座するドームの上三分の一がほぼ半球形になっている。

「すばらしい建造物だ」イホ・トロトがいった。

「だが、そのためにここに着陸したわけではないだろう」ジュファルが応じる。

「もちろんだ」と、ハルト人。「トフタルでブラック・キューブのシュプールが見つかりそうな唯一の場所がここのような気がするから」

「そして、ガイジンの」スンヌーがいいそえる。

3 ガイジン

赤色巨星ヌレッグは沈み、惑星の反対側にあらわれた。

白色矮星ラッダシュは距離があるうえに光が弱いので、かなたにある球状銀河の星々が輝く天空のなか、テラの真夏の夜空に見えるぼんやりした明るさほどしかない。

この薄明かりのなかで、ドーム状建造物は前にかがんだ黒い怪物にも見える。広場の中心から数センチメートルの高さに浮遊しながらあたりのようすをうかがう、横長で無煙炭色の物質といったところか。

イホ・トロトは、ジュファル・アマ・スンヌーとともにネットウォーカー船を降りた。ややはなれたところからだと、それはかなりちいさく、力なく見える。地面からはなれて浮遊しているので、羽毛のように軽い物質という印象をあたえるが、固有質量は二千百万トンもある。

トロトとジュファルは、いちばん近いドーム状建造物に歩みよった。宇宙服のグラヴォ・パックは意識的に使わない。計測システムや探知システムが作動していた場合にキャッチされてしまうからだ。

いまのところ、高度に発達した技術の産物がトフタルに存在するようには見えない……ガイジンについては、有機生物なのか、ロボットなのかによるが、眠っているか非作動状態らしい。

あるいは、まったくべつのものか。

ドーム状建造物の星形の基部から百メートルのところで足をとめた。マルチ・デテクターのセンサー・パネルをふたたび建造物に向ける。

「わずかなエネルギー放出も、脳波活動もない」きらめくディスプレイを読みとる。「だが、トフタルにも、かつてはハイテク機器があったはず。外壁の物質密度は非常に高い。材料物質を送風焙炒《ばいしょう》ののち高圧高音のもとで圧縮加工したんだろう。このプロセスでもとの結晶構造は失われた。熱核反応によるエネルギーと最新の大型マシン群を必要とする」

「宇宙のどこかで原料をとりこみ、市場に飛行するまでのあいだに高品質商品を製造する最新の工廠《こうしょう》船なら、どちらもそなわっている」ジュファルが口をさしはさむ。「文明がまだ存在していたとき、そうした工廠船が惑星を訪れて、住民に開発援助をしたとか……ま、いろんないいかたがあるだろうが」

「いいかたはいろいろあるだろう」トロトは皮肉っぽく相手の言葉をくりかえす。「無私の利他的援助など、わたしはまだ見たことがない。住民たちにドームをあたえた者たちは、代償としてなにかを受けとったはず。銀河市場で十倍の値《あた》いになるようなものを」

トロトは先に進み、ジュファルがあとを追う。ジュファルの瞳孔のない黒い目がまっすぐ前方を見つめ、あらゆる感覚が極度な緊張状態にあるかと思われる姿勢で前進していく……ハルト人やテラナーには想像のおよばない感覚を持つのかもしれない。

ドーム状建造物までくると、トロトは歩調をゆるめた。入口を探しながら星形の基部にそって歩く。たいらな外壁を思慮深く眺めると、入りくんだアッシュグリーンのニュアンスに銅の錆《さび》つやが見られた。

もちろん銅の持つ錆つやではない。物質は銅をふくまないのだから。それでも、見た目の類似性は興味深く、ハルト人の心を妙に刺激した。

ふいに建物の入口があらわれた。高さ五メートル、幅三メートルの門が深さ一メートルのくぼみにつくりつけられている。

「高圧サーモプラスティック」ハルト人はデテクターのディスプレイに目をやる。「メタル格子はないが、メタルプラスティックに近い硬度を持つ」

一メートル半の高さにあるノブに手をかける……非常に慎重に。無思慮に力をかけて壊してしまったいくつもの物体が頭にあったから。

不思議なことに、扉はびくともしない。実際に力をこめて、やっと手前に動いた。鏡板が固着するほどの完全密閉だったのだ。

内部は長さ四メートルほどの小部屋……奥にもうひとつ扉がある。

「エアロック」トロトは不思議に思う。「なぜだ？」

「ドーム内の大気構成は、外とちがうのかもしれない」ジュファルは防護ヘルメットをいったんたたみ、それから閉じた。ここでコミュニケーションをテレカムに切りかえる。

「われわれに有害なガス、ということも」

「ガイジンにはうってつけなのかも、だな」トロトはいいそえ、同様に防護ヘルメットを閉じた。かれの場合、毒ガスにやられる危険はないけれども。

コンビ銃を抜き、インパルス・モードにセットする。すぐに発射できるようかまえ、ジュファルが外側ハッチを閉じるのを待ってから内側ハッチを開く。

天井が高く幅のひろいホールらしい。真っ暗だが、赤外線可視能力を持つハルト人の目には、内部のようすがわかった。

三つの目のひとつは、マルチ・デテクターのディスプレイ・フィールドに向けられている。

「外と同じ大気」トロトは落胆に近い気持ちになる。

そのときだ。ふいに最高度の危険を感じた。

「エネルギーだ！」くぐもった声で告げる。「あらゆる種類のエネルギー放出あり。外殻が非常に硬く、密閉エアロックがあるのはそのためだろう。どれほどわずかなエネルギーも漏れず……走査ビームが外から入ることもない」

ヘルメット投光器をオンにする。円錐形の光が、あらゆるものをハロゲンランプ・バッテリーの明るさで照らしだす。ホール内を順ぐりに照らしていく光。壁やくぼみ、開口部が次々と暗闇から浮かびあがった。

トロトとジュファルのいるホールは、ドーム状建造物基部の高さしかない。ホールと実際のドームのあいだは、銀色にきらめく天井で仕切られている。天井は投光器に照らされて明るく光り……それから急速に明るさを増していった。

同時にホール内の空気濃度および温度が上昇していく。

「ガイジン！」と、ジュファル。

トロトは笑い、それから説明する。

「怪物のような巨大生物か、あるいは巨大ロボットがわれわれに向かってくると思っていた！　ところが、ガイジンは探知不能な司令室にいて、トフタルを訪れる非権限者がドームに引きよせられるのを見ているらしい。リモコンを使って、ローストするか乾燥させてこぶし大のキューブにするわけだ」

トロトの笑い声は消えた。気圧六十バール、温度百八十度……さらに上昇していく。そればかりではない。強い放射能によりホール内は〝高温〟原子炉となりつつある。これでは、生細胞という生細胞はあっという間に死んでしまう。トロトとジュファルはパラトロン・バリアで保護されているので、危険が迫っているわけではない……トロトは、万一の場合には体構造を転換できる……だが、放射能、高熱、気圧がどこまであがるのか、わからない状態だ。なにごとにも限界がある。防御バリアの抵抗力にも。

*

「脱出する方法を見つけなくては！」と、ハルト人。

さっき入ってきたエアロックの内側ハッチを開きたい。だが、見つからない。なにかにおおわれてしまったらしい。

コンビ銃の調整パネルを考えこみながら手でなでる。インターヴァル・モードに設定したところで、相違はちいさいかもしれない。この場合、昔パーリアンたちに継承された、一時停止の発射フィールドの原則で機能する。極端に収縮したハイパーフィールドが目標に達すると、既知の物質のほとんどが瞬間的に崩壊して塵《ちり》と化すほどの効果がある。

ドーム状構造物の壁は、せいぜい数秒しか持ちこたえられないだろう。

しかし、トロトの考えによると問題はそれで解決されない。ガイジンがもっと強力な武器を導入するだけだと考えられた。

「どこかに出口を見つけなくては。トフタルの地下世界に通じるものでもいい！」ジュファルに呼びかけ、目についた楕円形の開口部に向かう。開口部はかれが通れるくらいの大きさで、先に通廊またはシャフトがあるらしい。

そこに入ることができれば。

だが、途中でなにものかが立ち向かってきた。トロトによく似た生物で、赤い戦闘服を着用している。姿はそっくりだが、身長は二倍もある。

かれは足をとめ、武器をかまえた。だが、発射はしない。相手は不動で目の前に立っている。トロトは、相手が出現したときに知覚したものを心のなかで消化しようとつとめた。濃密な有機コンピュータともいえる計画脳が、懸命にはたらく。

トロトは、ジュファル・アマ・スンヌーがすいっと左側を通過して、異生物から数歩の距離まで近づくのに気づかなかった。輪郭が消えたとき、はじめてその行為がわかった。

「だめだ！」トロトは叫ぶ。

しかし、ジュファルのからだはすでに分子霧に分解し、異生物に入りこんでしまった。

トロトが緊張して見守るなか、相手は明るく光りはじめた……それは荒々しく波打つ雲状構造物に変化し、次の瞬間に黒い霧状のヴェールになった。見たところ、さらに分解して霧消したらしい。

ジュファルの姿があらわれた。先ほどまでトロトの似姿があった場所に、当惑したようすで立っている。

ハルト人の計画脳は、とりくんでいた問題の答えを得た……いまや、危険は一分前よりも増大していた。

ジュファルのパラトロン・バリアが非作動状態なことに気づき、すぐに自分のもオフにすると、ジュファルのからだをつかんで左の作業アームでかかえた。走行アームをおろして競走馬よろしく駆けだす。自分の似姿が出現する前にねらった開口部に向かう。途中でグラヴォ・パックをオンにして、開口部の奥の壁にぶつかるのを避け、直前でとまった。上下が長いシリンダーになっている。反重力シャフトだろうか。

次の瞬間、誤りに気がついた。

からだの細胞核のすみずみまで触知インパルスが走る。かれらがいるのは、転送機の走査フィールドだったのだ。

あらゆる種類の転送機を充分に知るかれは、逃亡の試みは無意味なばかりか危険でもあることがわかっている。しかも転送機の機能速度は、あらゆる有機生物の反応速度の何倍も速い。

周囲が真っ暗になる。

ふたたび明るくなった。

同時に、再実体化にともなう苦痛が体細胞全体に感じられた。強くないかわりに、いつになく長くつづいた。

空間的に移動しただけにしては、再実体化プロセスが長すぎる。

三分後にプロセスが終わり、暗かった周囲が明るくなった。

周囲を見まわす。かれとジュファルがいるのは、床面の四角いちいさな空間だった。

壁はメタリックな輝きを持つ。

壁の一面に長方形の開口部があり……奥は通廊だった。十メートルの通廊の先に、赤くほのかに光るうねりが見える。思いだすものがあった。

計画脳の保存データを引きだす。推測はあたっていた。

ジュファルを床におろして、たずねる。

「わたしの似姿の意識を眠るエネルギーに変換しなかったのはなぜだ、ユウレイ？」

ジュファルの瞳孔のない黒い目が、奇妙にかれを見る。ショックの余韻がまだのこった状態らしい。

それでも、明瞭な返事がかえってきた。

「だめだったんだ、トロト。つかみどころがなかった。ガイジンは意識の集中した部分を持たない。あれほどすぐに分解しなければ、見つかったかもしれないが。なにしろあの生物の分子は一目散《いちもくさん》にちりぢりになってしまった」

「何時間もあったとしても、意識は見つからなかっただろう、ジュファロス」ハルト人は深く考えながら説明する。「似姿が眼前に立つ前に、わたしの感覚が感じとったものがある……計画脳は、論理的な説明を出した」

「どのような？」ジュファルがたずねる。

「すこしもどって説明する必要がありそうだ」トロトが応じる。「船内からトフタルの大気を分析したとき、大気中に懸濁《けんだく》粒子が多量に存在することがわかった。生きた有機分子なので、代謝をおこなう。あれは原始的な生命の特殊形態だと単純に受けとめ……同時に、粒子の存在を惑星の大気組成の説明とした。有機生命体がいなければこのような大気はけっして形成されないからだ」

「いいたいことがわかる気がする」ジュファルが口をさしはさむ。

「話してくれ！」と、トロト。

「空気中の分子は個々に独立して存在するわけではない」ジュファルは説明する。「分散して存在する有機体の集合で、かれらの機能は密接につながり合っている。そこにひそむ意識もやはり分散して存在するが、それでもひとつの有機体としてはたらき、すべての粒子が一体となって組織的に行動することができる」

「そのほか、惑星のいたるところで一体となり、分子凝縮によって任意の姿をとる能力を持つ」ハルト人がいいそえる。「一種のスピンアウトだな。惑星全体にいきわたる分子をひとまとめにしたのがガイジンというわけ」

「すばらしい、トロトス！」ジュファルは感激していった。「どんな知性体もこれまで出会ったことのない、完全に新しい生命形態というわけだ」

「命を落とすことなく」トロトがすげなくいいそえる。

「われわれ、逃げきった」と、ジュファル。「あなたのすばやい反応のおかげで、転送機で救われた」

　トロトはがははと笑う。すぐに真顔になった。「ガイジンは直接殺さなかったとはいえ、われわれは死んだも同然……すくなくとも、通常宇宙では」

　かれは、通廊の向こうに見える散漫な赤いうねりと光をさししめす。

「アンティテンポラル干満フィールドから見たラビール・ゾーンだ、友よ。わたしや仲間がラビール・ゾーンと呼ぶのは、さまざまな定数による、まだ具体的に形成されていない存在のこと。べつの言葉でいうなら、未完成の未来だ。ガイジンはわれわれを直接殺したわけではないが、かわりに時間転送機に送りこんだ。われわれは相対未来にある

ATGフィールドに再実体化した」

「わかった」と、ジュファル。「だが、あきらめる理由にはならない。わたしも時空の現象についてはよく知っている、友トロトス。ここがどこなのか、すぐにはわからなかったが、あなたの定義どおりだとすれば、われわれの現在にもどるチャンスはある」

「干満転換システムなしで？」トロトはきびしい表情でいった。

「アンティテンポラル干満フィールドは、防御バリアのような圧縮エネルギーの薄い層ではない」ジュファルは説明する。「むしろ、空間的に大きく全方向にのびたマグネット・フィールドと比較できる。磁気の周囲で空間が変化した状態。ATGでは、変化した状態の時間がそれにくわわる。ATGには、発見されることのない時間断層が無数にある。だが、見破るための道具があれば、発見できる」

ジュファルは、ベルトのホルスターを片手で軽くたたいた。そこには、下腕の長さのスティック状物体が差され、メタリック・ブルーにきらめいている。

「なんだ、それ？」トロトは気がかりそうにたずねた。

「時間迷宮センサーだ」ジュファルが応じる。「これを使ってわれわれの現在にもどる。すこし時間がかかるが」

4 代償

ジュファル・アマ・スンヌーの時間迷宮センサーが短い間隔でどぎついブルーに点滅しはじめた。かれは足をとめる。イホ・トロトのポジトロン・クロノグラフによると、十七時間が経過していた。

ハルト人は、期待をこめてセンサー〝先端〟のしめす曖昧《あいまい》な輪郭を見やる。過去十七時間、ふたりはすでに多数の時間迷宮に迷いこんだ。だが、これまでのところすべて、ラビール・ゾーンの先端の袋小路だった……ATGフィールドによって守られていなければ、あらゆる生物はラビール・ゾーンの一構成要素となるところだ。エネルギー的に不安定な半物質のなにか。意識はいつしかちりぢりになり、もとにもどることはない。

いま見つかった時間迷宮は、われわれをどこに導くのか。ハルト人は疑問に思う。わからない。わかっているのは、ひとつだけ。惑星トフタルのように、なにが待っているのか皆目見当もつかない冒険には二度と手を出さない、ということ。

ガイジンについては、まったくちがうものを想定していた。

「こちらへ、トロトス！」ジュファルが小声で呼びかける。

ハルト人は凝《こ》りかたまった状態からはっとわれにかえり、連れのほうに急ぎ足で向かった。

ジュファルは輪郭の曖昧ななにかのすぐそばに立ち、センサーの先端をそこに差しこんだ。

それは、しだいに明瞭なかたちになっていく。トロトの想像力をはるかに超えるものではない。複雑に入りくんだ、ダメージを受けた壁。メタルプラスティックに似た物質らしい。ただし、非常にちいさな空間からなる。シガ星人ならからだを押しこめるかもしれない。スヴォーン人もがんばれば。だが、ジュファルには無理だし、ハルト人はもっと無理。

輪郭がさらに明瞭になったとき、トロトはふいに理解した。

ハチの巣構造を持ち、一カ所が裂けた宇宙船の外殻。

「やっといくらか具体的なもの！」大声でコメントする。あらたな希望が感じられた。

「難破船か！　なにかしらに使えるかもしれない。もうすこし右へ行ってみてくれ、ジュファロス！　そこの裂けた壁の横にあるはずの穴が、わかるかもしれない」

「慎重にやらなければ！」ジュファルがいましめる。「難破船は異物だ。ATGフィールドのこの個所にどうやってたどり着いたのかも、おのれの時間を持ちこんだのかもわからない。時間はいまや順応したとしても、近よるたびに不安定になり、われわれがさらに不安定化させる。それによって正面漏斗《ろうと》が生じる危険が、なおもある……そうなると、どこに投げ飛ばされるか、考えたくもない」

「こまったことに、自分の体重をいまより軽くはできない」足もとの擬似床がぐらつくのを感じて、ハルト人は内心うめき声をたてた。

「もちろんだ」ジュファルが応じる。「グラヴォ・パックはここでは使えない。だが、重要なのは体重ではなく、テンポラル慣性だろう。われわれのからだの質量に比例するのではなく、われわれが生きているあいだに得たテンポラル・チャージに依存する」

擬似床の揺れがおさまると、かれは開いた手を振った。

「いまだ、トロトス！　急いで！」

先に歩きだす……最初の一歩でトロトの視界から消えた。

はなればなれになるのではと不安になり、トロトはすばやく前に進んだ……次の瞬間、あやうくジュファルにぶつかるところだった。ふたたび可視化したジュファルは、宇宙船体にある開口部によじのぼろうとしている。最初、縁の部分だけが見えていたものだ。

足もとの擬似床が崩壊しはじめた。ハルト人は悲鳴をあげて、開口部を通りぬける。すんでのところでジュファルと衝突するのをまぬがれた。

ふたりは、ふらふらしながら宇宙船の安定したデッキに立つ。ヘルメット投光器の光で、メタルプラスティック製のケースが無数にあるのがわかった。ケースは割れて、なかからこぶし大や頭大のグリーンにきらきら光るクリスタルがこぼれ出ている。

「なんだ、これ?」トロトはいい……次の瞬間に答えを知った。計画脳が該当する情報を保存していたからだ。情報はふたつ、つまり答えはふたつある。

答え一……紀元二四〇二年に惑星グリーニシュで見つかった幻影結晶体。

答え二……惑星モノルと同じ大きさの母クリスタルから分枝した、ヒュプノ・クリスタル。

だが、正しい答えはひとつのはず。

正しい答えを得るために、意志の影響を完全に排除する生来のバリケードをゆるめた。二種類のクリスタルの外見は非常によく似ている。ちがいといえば、幻影結晶体は見る者をかならずヒュプノ暗示にかけ、幻覚を信じこませること。その効果によって、真実の世界で行動しているにもかかわらず、幻覚の世界で反応していると思いこむ……ただし、それで害をこうむった者はまだいない。

ヒュプノ・クリスタルであるモノルの母クリスタルの分枝は、数万年前にM－87からマゼラン星雲に輸送された。そこで第一震動力によって他種族の精神的奴隷化に使われ、オールド・マンの手にわたったのち、太陽系帝国の人類絶滅の戦いの開戦に利用された。

数秒とたたないうちに、トロトは目の前にあるクリスタルから命令インパルスを受けとった。無害な幻影結晶体ではなく、昔の第一震動力のプログラムにしたがって行動するヒュプノ・クリスタルだ。難破船にいるトロトに、開口部のかなたに形成された正面漏斗に飛びこむようにとはたらきかけてくる。

トロトは即座にメンタル・ブロック解除を解く……かれの精神はもとどおり自由になった。

周囲に連れの姿を探す……ぎょっとした。ジュファルのかわりに、透けるように薄い黒いヴェールが見えたのだ。あわてたようにあちこち移動し、謎めいた異質なオーラを振りまいている。

ずいぶん前からあって、時とともに強まった推測が、ふいにはっきりした。

ジュファル・アマ・スンヌーは、あるときどこかで生きた生物だが、通常宇宙ではなく、トロトと同じ時代でもなかったのだ。

かれの生まれた異宇宙ではとっくのとうに死に、塵埃《じんあい》となったのかもしれない。〝丸太〟つまり《ナルガ・プウル》のトルルタル植民地で。それでも、どんな理由があるにせよ、ジュファルの記憶はのこっていて……トロトが当時、無限にも思われるほど昔に〝丸太〟に接近していったとき、記憶の一部が《ハルタ》に移動して、そこからジュファル・アマ・スンヌーの物質プロジェクションが形成された。ハルト人の最適な対話パートナーとして行動できるように。

いや、もしかすると物質プロジェクション以上のものだったのかもしれない。

どのようにであれ、ヒュプノ・クリスタルのメンタル嵐のもとで、変化はもとにもどされた。

そして、トルルタルはふたたび、もとあった状態になった……

＊

トルルタルとの交信は成立するだろうか。はまってしまった時間罠から脱出するのに、かれらは助けになるだろうか……イホ・トロトが考えているあいだに、黒いヴェールはいきなり消滅した。

ヒュプノ・クリスタルのそばに数分間じっと立ちつくし、いまや完全にひとりぼっちであることに気持ちを慣らそうとしてみる……ATGフィールドのなかで、おそらく死ぬまでずっとさまよいながら。

ふいに、冒険への楽しみがすっかり失われた。

これまでの冒険のいちばんの楽しみは、友たちのもとにもどって報告することにあったから……ところが今回は、友のところにもどることはない。

勇気を失い、あきらめの心境になりかけたことがわかると、トロトは大声でわめきながらヒュプノ・クリスタルのまわりをどしどしと歩いた。

だが、感情の爆発は長くはつづかない。

気持ちがおちつくと、難破船内を偵察することにした。貨物スペースから、同じデッキの通廊に出る。

通廊の高さは約五メートル。思ったとおり、モノルからマゼラン星雲へヒュプノ・クリスタルを輸送中に事故にあったけだものたちの宇宙船なのだろう。数万年前……どのようにしてATGフィールドに入りこんだのかは、推測すらできないとしても。

貨物スペースをすべて調べ、例外なくヒュプノ・クリスタルの詰まったケースがびっしり収納されているのを確認すると、司令室の方向に進みはじめた。推測どおりシリンダー型宇宙船の船首部分にもうけられた司令室はすぐに見つかった。

司令室内部のようすも、半分は推測どおりだ。

蹄鉄《ていてつ》形に弧をえがく大型操作・制御コンソールの奥に成型シート二十一台が置かれ……二十一名の死んだけだものたちがすわっていた。宇宙服をきっちり閉じているため、からだは腐敗せずにミイラ化している。褐色と赤黄色の混じった剛毛におおわれた皮膚はしわだらけで、骨にくっついた状態。目は眼窩《がんか》深くに落ちている。イホ・トロトは、強いショックを受けてけだものたちの横に立ちつくす。七万年以上前にオケフェノケースがスコアル種族とかれらの遺伝子プールからつくりだしたけだもの種族。はるか昔にM‐87、マゼラン星雲、天の川銀河に多くの苦悩をもたらした。それでもかれらは兄弟だし、激化してしまったむごたらしい戦争の罪は、基本的にはかれらにはない。ほんとうの責任は、かれらをつくりだしたオケフェノケースにある。だが、新銀河暦時代のオケフェノケースではない。七万年前に生存し、とうの昔に塵となったオケフェノケース。つまり、罪を背負う者はいまはいない。

　ほとんど半時間、身じろぎもせずに立ったまま、種族の祖先のことを想う。運命的に巻きこまれたことで、ほかの諸種族にかぎりない苦悩をもたらした祖先のことを。

　硬直からもどると、トロトは全周スクリーンの停止したままのスクリーンを作動させようとしたが、むだだった。けだものたちは死ぬ前に、船内エネルギー施設がたとえわずかのエネルギーも生産しない措置をとったのだ。船内の機能システムを悪用されないためだ。

　そのため、宇宙船の外側になにがあるか、司令室からは判断できないし、ATGフィールドに捕捉された状態でいつなにが変化したのかもわからない。

　諦念をいだいて歩きだす。

　思いついたことがあって、足をとめた。

　船長のシートを兼ねる、主制御コンソールまでくると、コンピュータ宙航日誌を探す。

見つかると、作動させた。

なにも起こらない。

コンピュータ宙航日誌にかならずそなわる非常用バッテリーは、数万年の寿命を持つはず。それも無力化されたらしい。

残念だ。かれは、死んだ宙航士たちのならぶシートを見つめた。かれらがのこしたのは、亡骸《なきがら》と死んだ宇宙船。なぜこのような運命におちいったのか、だれも知ることはできない。

そう思ったとき、トロトはたじろいだ。

七万年前のけだものたちのメンタリティはわからない。それでも、ハルト人のそれとかけはなれているとは思えない。

ハルト人なら、おのれの運命が後世に伝わらないという思いに、とても耐えられない……伝えるのが重要だと思われることなら、なおさらだ。

自分イホ・トロトやほかのハルト人がとったはずの行動を、二十一名の宙航士たちのだれひとり、とらなかったなんて、ありえない！

トロトはためらいをかなぐり捨てた。亡骸のそばまで行き、宇宙服の外ポケットをくまなく調べる。個人の持ちものと判断したものはすべてもとにもどす。

十一人めのところで、ちいさなカプセルが見つかった。

開くと、微小な記憶クリスタルが出てきた。

これこそ、探していたものだ！

この種のクリスタルをアームバンド装置で読みとれるかどうか、しかも七万年前に使用された言語が理解できるかどうか。

それは、きびしい試練となった。

記憶クリスタルを利用可能な唯一のプレイポジションに入れるために、データ記憶装置にいくつか変更がいる。

あとは問題なかった。

太古の中枢部言語だが、計画脳のおかげで理解でき……すばらしい話が聞きとれた。

シリンダー型宇宙船は、七万年前にM－87中心部付近にある惑星モノルを出発した。ヒュプノ・クリスタルをマゼラン星雲に運ぶ目的で。M－87辺縁部で位置確認中に、ハイパーカムが一連の未知シグナルをキャッチした。

シグナルは解読不能だったが、発信地を突きとめたので、コースをそちらに向けた。発見したのは連星ヌレッグ＝ラッダシュと唯一の微小な惑星トフタル。シグナルの発信地はトフタルだったので、そこに行き、何度か周回する。疑わしいものはないことを確認してから着陸した。

なおもシグナルを追跡すると、ドーム状建造物のなかにハイパー送信機が見つかった。

それはメモ・キューブで、時間をかけて操作したすえ、やっと秘密は明かされた。ミモトの宝石と呼ばれる物体のペアで、銀河間輸送システム〝ブラック・スターロード〟に関する記憶データだった。ブラック・スターロードは、宇宙……もしくはその一部……をネット状に網羅する輸送システムだ。

ブラック・スターロードの交差点と制御室はブラックホール。これを使って、従来の宙航法では翔破できない宇宙の遠距離でも、短いタイムスパンで行きつくことができる。

ブラック・スターロードとの関連性から、けだものたちはメモ・キューブをブラック・キューブと呼ぶことにした。たやすく手に入ると考えていた。

だが、持ち去ろうとすると、謎の力の攻撃を受けて行動力を失った。相手の正体すらはっきりしない。それでも、改良したシンボル通信装置によって未知者との交信に成功した。未知者は、〝古老の石〟の守護者として雇われているという。メモ・キューブのことだ。守護者は雇い主の正体は明かさず、けだものたちに通告した。古老の石をもとの場所にもどして二度と触れないこと。そうしなければ、自由の身でトフタルを脱することはできないぞ、と。

けだものたちは約束したものの、守る気はなかった。かれらは、守護者が〝送信〟するときに増幅されるアルファ波の周波数を決定した。そしてヒュプノ・クリスタルを配置したのだ。

守護者が自殺するよう仕向けるつもりだった。

だが、もくろみは完全に失敗し、守護者の精神ははげしくネガティヴな性質をおびた。注意深さは攻撃性と腹黒さに変化したのだ。

変化が進行するあいだに、けだものたちはメモ・キューブを奪ってトフタルから脱出する。

するとこんどはべつの力が襲ってきた。予測もできず、死ぬまで正体もつかめなかった力。守護者に攻撃した者を罰するために、トフタルの古老たちがこの地にのこしたものだとしか考えられなかった。

囚《とら》われているあいだに、なんらかのかたちでトフタルとつながったアンティテンポラル干満フィールドにいることがわかった。だが、どうしても脱出できない。絶望的な状況であることがはっきりすると、かれらはみずから命を絶った。

ストーリーはそこで終わっている。

イホ・トロトはもう一度聞きなおし、聞き漏らしがないことを確認した。

ブラック・キューブがけだものたちの手から奪われたという指摘はない。つまり、まだ船内にあるはず。

探すべき場所も、わかっている。

どの宇宙船にもかならず金庫がある……重要なものや極秘のものを保管するところ…

…そうした金庫を設置する場所といえば、かぎられている。自分の経験と、ほかのハルト人の衝動洗濯の報告から、そのことを知っていた。

金庫は四十分で見つかった。中身にダメージをあたえずにこじ開けるのに、九十分を要した。

入っていたのは、たったひとつのメモ・キューブ。黒ではなく、白濁した感じの色だったが、データを引きだしてみて、それがブラック・キューブだと確信した。

恐れ知らずと粘り強さへの褒美。

まもなく、これだけではだめだとわかった。ブラック・キューブの保存データを実際に利用するには、もうひとつ、ミモトの宝石がいる。

だが、ミモトの宝石は手に入らない。今後もけっして手に入らないこともわかっている。

褒美をもらったとはいえ、代償も支払わされた。高すぎる代償を。腹だちまぎれにメモ・キューブを振りあげる。壁に思いきり投げつけてやろうか。

そのとき、よく響く声がした。

「やめたほうがいい、トロトス」

振り向くと……ユウレイが目に入った。

ジュファル・アマ・スンヌー！

「そんなこと、あるもんか！」と、どなる。「あなたがいるなんて！」

「《ハルタ》でトフタルを脱出するチャンスがある」ジュファルは応じる。「といっても、ATGフィールドが中和されているあいだ……いまからきっかり八分間だけだ。ついてこい！」

トロトは知りたくてたまらない疑問をのみこみ、ジュファルにつづいた。チャンスをつかむために……

5　凪《なぎ》ゾーンで

《ハルタ》のセル結合体は、うめきともうなりともつかない音を発した。ネットウォーカー船は、生物であるかの印象をあたえる。

イホ・トロトはグラヴォ・エンジンに無思慮なほどの負担をかけ、警告シグナルをわざと無視しながら、プシオン・ネットのもよりの〝出入口〟にコースをとった。まだ一光分半も先にある。

時間との競争だった。実際にはアンティテンポラル干満フィールドとの競争といえる。中和が終わったＡＴＧフィールドはいきなり拡張をはじめる。ジュファル・アマ・スンヌーに助けられて、間一髪で脱出した。

それは生《い》け贄《にえ》を逃がすまいとする生物にも思われた。もちろんそんなはずはないのに。一時的な中和によってＡＴＧフィールドのエネルギーはそれまでのセルフコントロール能力を失ったのだろう、と、トロトはこのプロセスを説明する。

結果はカタストロフィに等しいもの。

探知スクリーンを見るトロトの目に冷たい炎が燃えあがる。まず惑星トフタルが消え、次に連星ヌレッグ＝ラッダシュが消えた。もちろん連星とその惑星はいまも存在する。だが、拡張するＡＴＧフィールドの内部だ。未完成未来のラビール・ゾーンにまたしても突入するとき、いっしょにとりこまれるだろう。

《ハルタ》に乗船するハルト人も、連星とその惑星と同じ運命にあうのだろうか。

トロトはちらりと横を見た。左側の予備シートの背もたれによりかかって、ジュファルがすわっている。以前にもまして謎の生物に思われた。

ジュファルはトルルタルがつくりだした物質プロジェクションにすぎない、と、トロトは確信している。それどころか、とてつもないプシオン能力によってＡＴＧフィールドの一時的中和を引き起こし、自分を救ったのもトルルタルだ、と。

だが、最終的に確信するまでは、秘密を表に出すわけにはいかない。

《ハルタ》内部の雑多な騒音がぴたりとやんだ。ＡＴＧフィールドに追いつかれたにちがいない。トロトは、パラトロン・バリア作動スイッチに手をのばしかけて……途中でとめた。

テンポラル・エネルギーに対して、パラトロン・バリアはなんの用もなさないから。

次の瞬間、騒音がまた鳴りだした。探知ディスプレイに目を向ける。ＡＴＧフィールドの拡張はとまっていた。最大限に達して、いまや軽く収縮している。

「やったぞ！」かれはいい、ジュファルに向きなおる。相手が秘密を明かすまで精神プレッシャーをかけつづけるつもりで。

このとき、《ハルタ》はプシオン・ネットに入った。

高周波ハイパーエネルギー・フィールドのフィールド・ラインのなかを音もなくなめらかに進む……はずが、飛んだり跳ねたりしはじめた。ちかちか点滅するグリーンの光軌道の入り乱れるなかを、めちゃくちゃに動きながら進んでいく。鋭く光るエネルギーを放出しながら。

トロトは仰天した。こんなのははじめてだ。だが、すぐに自制する。

強いて心をおちつけ、《ハルタ》のエネルプシ・エンジン機能をつかさどる全システムをチェックした。故障は見あたらない。エネルプシは正常だ。

とすると、プシオン・ネットのほうに問題があるのか。

そう思って、理性を失いそうになる。プシオン・ネットが広範囲にわたって異常をきたせばどうなるか、即座に悟ったからだ。故障がずっとつづくとは、考えることすらできない。全銀河の文明社会がプシオン・ネットに依存しているのだ。これがなければ、宇宙は崩壊する……セクスティリオンの何倍もの知性体が残酷な運命におちいることになる。

ふたたび思考できる状態になると、自分にできることに心を集中させた。

《ハルタ》をプシオン・ネットから脱出させたい。

だが、操作がうまくいくより先に、宇宙船は勝手に通常空間に復帰した。拡張した凪《なぎ》ゾーンだ。特異な構造のため、高周波ハイパーエネルギー・フィールド網とつながらない宇宙セクター。こうした虚無ゾーンは、劫初《ごうしょ》から宇宙に多数存在する。エネルプシの遠距離探知機によって、凪ゾーンはかなりの距離から計測できるので、ネットウォーカーや宙航士は適時に回避できる。いまは、そうならなかった……おそらく、プシオン・ネット内で起きた攪乱《かくらん》のためだろう。

だが、ハルト人はなにごとにも動じない。《ハルタ》にはヴィールス船とちがって補助駆動システムとしてメタグラヴ・エンジンがそなわっている。もともと作戦領域で広大な凪ゾーンを横断する必要があったからだ。メタグラヴを使って凪ゾーンから脱出し、ふたたびプシオン・ネットに入るのに、すこし時間がかかるだけのこと。

トロトは、補助エンジンを作動させる前に、習慣的に位置確認をおこなった。

またしても驚愕した。最初の数値を見ただけで、ヤンガル星系から惑星トフタルに移動したときすでに……エネルプシ・エンジンで……横切った宇宙セクターだとわかったから。つまり、この凪ゾーンが形成されたのはわりと最近らしい……そこから推測できるのは、プシオン・ネットの攪乱は終わりのはじまりにすぎず、遅かれ早かれ完全に崩壊するだろうということ。

この認識を消化するより先に、またしてもべつの事実に驚かされた。M‐87に隣接する宇宙セクターの星々、星団、星雲の位置関係から、ヤンヨクを出発してからテラ時間の一年近くが経過したことを、計画脳がはじきだしたのだ。ＡＴＧフィールドで十二カ月を失ったことになる。ＮＧＺ四四六年二月ではなく、ＮＧＺ四四七年二月なのだ。

べつの見方をすると、ヤンヨクのコルドン競技会はとっくに終わっている。競技会に参加して、優勝の褒美としてポヴァリスロング王からミモトの宝石を見せてもらうチャンスも、もうない。

トロトは失望した。だが、それが永続的な状態になってしまったとしたら、自分自身ではなくなってしまう。気持ちのおちこみを克服して、いまやどうしたら目標に到達できるかと懸命に考えた。

そのとき、はっきりしたことがある。ミモトの宝石を見せてもらうだけではたりないのだ。

見るだけでなく、所有したい……いざとなったら、ポヴァリスロングと戦う覚悟だ。なんといっても、ガイジンに始末させようと自分をトフタルに送ったのは王なのだ。

トロトは苦々しく笑った。それから、宇宙船を凪ゾーンの外に導くよう操作する。

数秒後、すべての操作をもとにもどした。ハイパーカムが、一連のきわめて弱いハイパー・インパルスをキャッチしたからだ。Ｍ－８７で恒星間宙航中の救難信号とされているシグナルと同定された。

発信地を探知すると、《ハルタ》の投げこまれた凪ゾーンの内部だとわかった。距離は一万一千四百七十二光年。

数秒ためらったのち、グラヴォ・エンジンを使用して、船首が遭難者のポジションに向くよう宇宙船の向きを変えた。メタグラヴを作動させ、超光速に入るために最高値で加速する。

このとき、ジュファルがふたたび呼びかけてきた。

「遭難者の面倒をみれば、さらに時間を失うぞ、トロトス」

トロトは相手に非難がましい視線を向ける。

「面倒をみなければ、もっと多くを失う。おのれの栄誉を失うことになる。だれかが宇宙で困難な状態におちいれば、まっとうな宙航士ならだれでも、可能なかぎりサポートするんだ」

ジュファルはなにもいわない。トロトは、かれのことはもう考えないことにした。ジュファルの正体を説明するよりだいじなことがあるのだから。

ミモトの宝石を手に入れる、ぜったい確実なプランを練らなくてはならない……

＊

《ハルタ》は、メタグラヴの投影する疑似ブラックホールに突入した。一万一千四百七十二光年の距離をハイパー空間で翔破したのち、グリゴロフ・フィールドが消滅してふたたび通常空間に復帰した。

そこはまだ凪ゾーン内だ。エネルプシ遠距離探知機によると、もっとも近いプシオン・ネットの枝まで三十九光年ある。

あとはすべて正常だ。Ｍ‐８７辺縁部に存在する無数の恒星が周囲に輝き、そのはるかかなたにある中心セクターから内空間のブルー中枢照明がほのかに見える。そこからジェット流が流出するさまは、架空の星々の神の持つエネルギーの剣さながらだ。

この正常な光景に似合わない救難信号。ハイパーカムはいまもなお、かなり弱い信号を受けとっている。遭難者のポジションは変化していない。《ハルタ》のハイパー走査機は、この位置に質量集中を検出した。

イホ・トロトは、恒星間救難信号に対して、Ｍ‐８７共通の返信を……船名もふくめて、もちろん中枢部言語で作成した。

すぐに反応があった。予期しなかったものだ。

ハイパーカムの呼び出しシグナルが点灯した。ハルト人が受けると、モニターになじみのある顔がうつしだされた。

ルフス・ティラクの顔！

「トロト！」ヴィーロ宙航士が大声で呼びかけてきた。よろこびに顔を輝かせて。「あなたがきてくれるとは思わなかった。こうしてもう一度会えるなんて、ほんとうに幸運です！」

「わたしもうれしい」イホ・トロトが応じる。「この幸運をもたらしたのは、じつのところ大変な不運だったとしても。プシオン・ネットにカオスが生じ、新しい凪ゾーンが形成された」

かれは、はっとした。十九光秒の距離における質量集中を、いま一度チェックしているところだ。

《ローズィー・グリール》から形成されたにしては、大きすぎる。

ルフスはかれの思いを読みとったらしく、次のように説明した。

「われわれの宇宙船が凪ゾーンに突入したとき、べつの宇宙船と衝突しました」かれの顔に、心の葛藤があらわれている。「あのとき、《ローズィー・グリール》が凪ゾーンのなかでエネルプシ・バリアを一瞬でも維持できなければ、われわれの命はなかったはず。残念ながら、この機能はすでに故障しました。もう一隻の宇宙船は、はげしいエネルギー放出となり、乗員は死亡しました」

「おお、それはひどい！」トロトは共感をしめす。

「われわれも、すぐにそう感じたんです」ヴィーロ宙航士が応じる。「もっとも《コンゴール》の積み荷を知ってからというもの、考えが変わりましたが」

「積み荷とは、なんだ？」トロトはたずねたが……思いあたるものがあった。

「移植用ベースです」トロトの懸念は、ルフスの答えで確実化した。「貨物スペースは、どこもいっぱいでした。で、この宇宙船をだれが指揮していたか、わかりますか、トロト？」

「ドゥムフリーの高位船団指揮官か？」ハルト人が推測を口にする。

「もっと最悪です」と、ルフス。「ドルイス人の拠点エンジニア。つまり当銀河の最高カーストに属する者」

「M‐87の腐敗は上まで浸透しているのか！」と、トロト。気が重くなる気がした。

「中枢部の設計者たちから無限の信頼をよせられている生物が、臓器犯罪組織とぐるになっているとは、思いもしなかった」

「わたしもです」ルフス・ティラクが同意する。「でも、それだけではない。《コンゴール》の金庫に見つかった書類によると、ドルイス人の拠点エンジニアの三分の二が移植用ベースの違法な取引に関与しているらしいです。しかも、グループのひとつが犯罪組織のボスであるらしい。《コンゴール》船長のヌゲン・サートもそのひとりです。さらに、多数のドゥムフリーが組織をアシストしている。《コンゴール》には、百三十名いました。つまり、当銀河の軍人カーストが犯罪組織に浸透しているということ。それと、黒幕のなかに少数のオケフェノケースも。そのうち二名が《コンゴール》のラボ内のベッドに横たわっています」

「犯罪組織の宇宙船の乗員たちが衝突によって死亡したのは、幸運だったわけか」と、ハルト人。「でなければ、きみたちは情け容赦なく始末されただろうから。だが、話はもういい。数分後にそちらに着く。以上！」

＊

イホ・トロトは、黒いシリンダー型船の船首にあるエアロックのそばに《ハルタ》をエネルギー固定した。シリンダー型船は長さ六百メートル、直径六十メートルの大きさだ。外から見るかぎり、損傷はない。ヴィールス船の三つのセグメントも同じだった。

そのようすを眺めるハルト人の心に、ある考えが生じた。それは、すこしずつ具体的になっていく。だが、ジュファル・アマ・スンヌーには伝えず、かわりに《ハルタ》と《コンゴール》の船首エアロックを結ぶフォームエネルギーの連絡路を投影した。

すぐに犯罪組織の宇宙船にわたる。ルフス・ティラクとの申し合わせで、司令室でヴィーロ宙航士三名と会うことになっていた。

司令室に足を踏み入れると、ルフス・ティラクとセンナ・ヴァルディヴィアが向きなおった。身長三メートル近くあるドゥムフリーたちが制御・操作していた司令室の制御コンソールは高く、シートも巨大で、ヴィーロ宙航士二名はひどくちいさく見える。ドルイス人用のシートはさらに大きい。

「乗員たちを保冷室にうつしました」挨拶がすむと、センナはからっぽのシートをしめして説明する。

それはよくわかった。

死体がずっとそばにあったのでは、神経がまいってしまう。ここでは腐敗することをさておいても。

わからないのは、司令室内のスクリーンや制御装置がたえず明滅していることだ。

「ウェンケンがやってるんです」トロトに訊かれて、ルフスが説明する。「修理シャフトや管理シャフトにあちこちのぼって、エネルギー障壁をとりのぞく作業をしています。《ローズィー・グリール》のエネルプシ・バリアが放出されたときに生じたんで」

「できるのか?」トロトは意外に思った。「《コンゴール》の技術は、ギャラクティカーにとって完全に未踏の地だろう」

「ウェンケンはちがいます」センナが応じる。「いっしょにM-87を放浪するあいだに、すごくたくさんの種族の技術や宇宙船を調査してきたので、精通してます。そうしたことにもともと才能があるんですよ」

「では、《コンゴール》を宙航可能にできると考えているのか」と、ハルト人。

「われわれのヴィールス船は、プシオン・ネットの外ではなにもできません」センナが説明する。「移動がエネルプシ・ライン上にかぎられているだけでなく、機能を維持するためにプシオン・ネットのエネルギー源から汲みとる必要があるので。保存エネルギーは、生命維持システム用にしか……その一部を、救難信号のハイパー・シグナルを作成して送信するのに使ってしまったし。プシオン・ネット全体がいずれは崩壊するらしいという事実はべつにしても」

「わたしも同じ印象を受けた」トロトは宇宙生物学者に同意する。「こんなことになるとは、どこかでおそるべきカタストロフィがあったにちがいない。力の集合体エスタルトゥの諸文明はいったいどうなるのか。かれらの生存はプシオン・ネットの機能にかかっているのに」

黒いシリンダー型船を見たとき生まれた思いは、しだいにはっきりとしたかたちになっていく。

だが、そこから具体的な計画を引きだす前に解くべき疑問がいくつかある。

「きみたちはトフタルに向かっていたんだな？　わたしを探すために」かれは、ヴィーロ宙航士二名にたずねた。

「そうです」と、ルフス。

「ずいぶん遅いな。わたしがヤンヨクをスタートしてからほぼ一年がたったことを思えば」トロトがいった。

「ポヴァリスロング王に引きとめられたので」センナが説明する。「最初のうち、あれこれ口実をつくって引きとめて、あとはヤンヨクで軟禁状態でした」

「でも、十一カ月たってもあなたがもどらないので、スタートしてあとを追うことに決めました」ルフスがいいそえる。「監視者たちはもはや警戒していなかったので、スタートは問題ありませんでした。ただし、《ローズィー・グリール》が積極的にサポートしてくれて、スタート後にエネルプシ・バリアではげしい攻撃から守ってくれなければ、脱出は不可能だったと思います」

「といっても、わたしがいなければ、行き先もわからなかったはず」火星人ウェンケン・ア・トムスがいくぶん鋭い声で話に割りこんできた。かれの出てきた修理用通路は、侏儒《しゅじゅ》の姿が前に立つと鉄道用トンネルにも見える。

「ええ。かれが監視のきびしい王城をハッキングしたんです。ポジトロン安全システムの裏をかいて、主ポジトロニクスからヌレッグ＝ラッダシュ星系の座標を盗んで」センナが報告する。

「命の危険を冒して！」ウェンケンが胸を張っていいそえる。

「すごいぞ！」ハルト人が持ちあげる。「ひとつだけ訊きたい。ポジトロニクスのなかに、ポヴァリスロング王が臓器犯罪組織に関与していることを示唆《しさ》するものはなかったか？」

「直接しめすものはなかったのですが、ヌゲン・サートそのほかのドルイス人とコンタクトがあったようです。われわれの知識と照らし合わせて、ポヴァリスロングへの疑いは強まりますね」

「《コンゴール》の金庫で見つかった書類の備考に、ヤンヨクでおこなわれた秘密会議について触れています。ドルイス人とオケフェノケースが参加したとか」ルフス・ティラクが補足する。「ポヴァリスロングは犯罪組織のボスではないとしても、準備や話し合いの場として惑星を提供したことになります」

　トロトの心に生じた思考を具体的な計画に練りあげる材料がそろった。

「わたしもこれまでに、ヤンヨクであった以上のことを知った」トロトは、惑星トフタルやヒュプノ・クリスタルを積んだ難破船内で発見したことをヴィーロ宙航士たちに語った。「きみたちの得た知識と合わせると、ミモトの宝石を所有するポヴァリスロングは勝ち札を握っていることになる。いずれ、移植用ベースの最適な輸送手段としてブラック・スターロードを犯罪組織に提供して、中心人物になろうという心づもりなんだろう」

　ここで声を高める。

「そうなれば、ほんとうにM‐87の権力を背後から操れるようになる。危険な展開だ」

　かれは、火星人のほうを向いた。

「《コンゴール》を……モノル経由で内空間まで宙航する程度まで修復できるか？　中枢

部の設計者たちに、臓器犯罪組織およびポヴァリスロング王の犯行の証拠をわたしたい」

「きょうじゅうにスタートできますよ！」火星人は誇らしげにいった。

「わかった」トロトが応じる。「では、こうしよう。きみたちは、それが可能になりしだい《コンゴール》で中枢部の設計者たちのところに移動し、証拠をすべて呈示する。わたしはそのあいだに惑星ヤンヨクにもどり、競技会に出られなかったことで、王がうんざりするほど文句をいってやる。そうやってミモトの宝石を盗むチャンスをうかがう」

「ポヴァリスロングは、ぜったい隙を見せないわ」センナが口をさしはさむ。

「それは、われわれのはたらきしだいだ」ウェンケンは熱をこめて声を張りあげる。「中枢部の設計者たちを説得して、王の陰謀をとめるためにヤンヨクに船団を送らせる。そうなれば王城内ははちゃめちゃな騒ぎとなるから、トロトが宝石を懐に入れるチャンスができる」

「ひどいいいかただ！」ルフスがたしなめる。

「心強いぞ」トロトは笑って説明する。「わたしが考えていたのも、そのとおりだ、ウェンケン。事実を知らなければ、きみはタッチャー・ア・ハイヌの曾孫だと思っただろう」それから、四本の腕を振り、「いまのは忘れてくれ！　二手にわかれての作戦の詳細を話しあおう。そのあとまたいっしょになれることを願って」

6　ミモトの宝石

《ハルタ》が惑星ヤンヨクに着陸するやいなや、複数の武装したペレヴォンがなだれこみ、イホ・トロトを逮捕すると宣告した。かれは抵抗しなかった。

半時間後、ポヴァリスロング王の前に連れていかれた。王はまたしても王座に偽装した戦闘ステーションにすわっている。

一年前と同じく、王は数分してからやっと口を切った。会話はすぐに尋問に移行する。

「配下のスペシャリストたちが宇宙船を捜索したが、ブラック・キューブは見つからなかった」ポヴァリスロングは説明する。「搭載艇もなくなっているという。どこにやった、トロト?」

「あなたにけっして見つからない場所だ」ハルト人はいい、ジュファルに思いをはせる。ブラック・キューブのある搭載艇を、かれが守っている……一彗星の〝永久〟氷塊に密閉して。それは、十万天文ユニット以上の距離でヤンヨク星系を周回する、数十万の彗星群からなる巨大な星雲に属している。

宇宙によくあるこの現象は、テラではオールト雲と呼ばれている。

「きみに真実をしゃべらせる手段があるぞ！」王が威嚇する。

グリーンの装甲スキンを持つ相手の目に、熱狂的な炎が宿っている。トロトはおちついて見かえした。

「わたしの気持ちを変えさせる手段があるだけだろう」敬意をしめす呼びかけをわざといわない。「ミモトの宝石」

ボヴァリスロングは激昂した。同時に、ちかちかするエネルギー・バリアが王座をつつむ。

「気がちがったか！」ペレヴォンはわれを忘れてわめきちらす。「力の石の名を口にするとは！　わが帝国では、死刑に値いする犯罪だということを、知らないのか？」

「はん！」ハルト人は見くだすような声をたてた。「わたしはあんたの部下ではない。それに、ミモトの宝石と同じくらい価値のあるものを持っている。その宝石は、ブラック・キューブがなければなんの価値もないだろう」

相手がかんかんになるのがわかった。おそらく、王がとっくにうすうす感じていた真実を突いたのだろう……これまでミモトの宝石でなにもできなかったのも、そのためらしい。

だが、王は自制したばかりか、譲歩してきた。どうやら推測はあたっているらしい。

「ミモトの宝石を見せてやろう、トロト」王は低い声でいった。「ブラック・キューブをわたしによこすと誓うなら」

「誓おう」トロトが応じる。

ポヴァリスロングとは戦争状態にあるのだから、そんな誓いは守る義務はない。王のほうはまだ知らないとしても……戦争ではあらゆる手段が許されるのだ。

かれはいま、敵の姦計《かんけい》にはまらないために、有名なハルト人ゴラン・ムタコの言葉を肝に銘じるフェーズにある。

〈戦闘においては敵のリズムをとり入れること。敵の予期しないリズムを使うこと。敵におのれのリズムを失わせ、征服すること〉

「よかろう」ポヴァリスロングがいった。

もちろん嘘だ。こちらがブラック・キューブをさしだせば首をはねるつもりでいることを、トロトは疑っていない。

だからこそ、誓いを破る権利がある。

ポヴァリスロングの王座が横に移動し、無光のシャフトの口が見えた。さっき王が出てきたシャフトだ。

予測していたことだった。

ハルト人は、メンタル命令でマイクロ走査機を作動させた。≪ローズィー・グリール》にそなわる数すくない予備ヴィールスを譲り受けたもので、探知される可能性はない。いまもなお全能だ。

かれは息をとめた。シャフトから強烈な青い光が射しこみ、謁見ホール全体を満たす。すぐにダチョウの卵ほどの大きさの物体がシャフトからあらわれて、トロトの頭の高さまで上昇してとまった。

鬼火のようにちかちかする青いきらめき。ミモトの宝石の表面を形成する無数のこまかいファセットから発せられる輝きに、トロトの目は吸いつけられた。できることなら、この場でもぎとってしまいたい。だが、戦闘ステーションにいるポヴァリスロングに対して分が悪すぎた。

宝石とかくし場所の極秘の安全装置に関するあらゆることを、マイクロ走査機がスキャンして調査し、記録していく。こっそりと接近して手に入れることができると確信するほどに。

宝石がシャフト内にもどって消え、王座が開口部の前に移動して見えなくなる。かれはやっと緊張を解いた。

「こちらの約束は満たした」と、ポヴァリスロング。「きみの約束をはたす番だ、イホ・トロト！」

「わたしの宇宙船をかえしてくれ……そうすれば、ブラック・キューブをとりに行く」

ハルト人が応じる。

「きみの持ちものだ」と、ポヴァリスロング。「案内させるから、気がねなくスタートすればいい」

そのとおりだろう。だが、王はかならずロボット装置またはスペシャリスト数名を船内にひそませているはず。ブラック・キューブが船内に持ちこまれたら、すぐさまかれを殺すつもりで。

だが、それに対しても対策を講じてある。

からだの向きを変え、謁見ホール出入口に向かう。

しかし、到達するより先に、けたたましい警報がホール内を貫いた。ポジトロニクスからヴォコーダーの声が轟く。

「敵襲来警報！　ドゥムフリー艦隊連合、大型艦船千隻からなる艦隊が三つ、ヤンガル星系内部で通常空間に復帰し、ヤンヨクに接近中。あらゆる物体保護対策および住民保護対策を実施しました。システム保護艦隊がたったいまスタンバイ態勢に入り、ヤンヨク周回軌道に集合しています」

「裏切りだ！」ポヴァリスロングが叫ぶ。だが、明らかにトロトのことではない。臓器犯罪組織による陰謀とのかかわりを、ハルト人が知っているとは思っていないのだから。

もはやトロトにはかまわず、戦闘ステーションの防御バリアをオフにすると、王座とともにシャフトに消えた。宝石を持ってヤンヨクから脱出するつもりなのだ。

ヴィールス物質とスラケンドゥールン物質からなるマイクロ走査機がなくても、可能だったかもしれない。だが、ハルト人は微小な同盟者たちにあらたなメンタル命令をあたえた……シャフトの安全装置は、マイクロ走査機がデータを記録したうえ、部分的に機能を転換してある。いまや、破壊的な力が作動した。

ポヴァリスロング王の謁見ホールはエネルギー放出によって爆破された……

7　ブラック・スターロード

イホ・トロトが意識をとりもどしたとき、あやうく死にかけた事件についてかすかな記憶しかなかった。

まずは、生きていることを確認する。間一髪の瞬間に潜在意識が体構造を瞬時に転換し、テルコニット鋼の密度に硬化させたおかげだった。

次に確認したのは、周囲のカオス。めちゃくちゃにちらばる破片、装甲プレート、スチール製支柱、ポジトロニクスのさまざまなエレメント、といったものが目に入った。ヤンヨク地表やヤンガル第四惑星をかこむ空間でなにがあったのかは、確認できない。ミモトの宝石とポヴァリスロング王がかくれたシャフトの入口は、マイクロ走査機のおかげで見つかった。シャフトは謁見ホールと同様に崩壊している。一時間かけて、やっとシャフト基部に接近した。

そこで見つかったのは、ポヴァリスロングの戦闘ステーションの残骸で、ところどころペレヴォンの血液がこびりついている。重傷を負った王は、深い意識不明の状態で医療ロボットによって安全な場所に運ばれたのだろうか。

王の手当てをしたうえで、フォームエネルギーからなるケースにおさまったミモトの宝石をシャフト基部に置きざりにするなんて、医療ロボットにしかできないだろうから。

だが、そんなことを考えているときではない。千載一遇のチャンスを利用するのだ。つつんでいるフォームエネルギーをマイクロ走査機で解除すると、背中についたからっぽのスチール製装備用ケースに入れた。あとは瓦礫のなかを進んで外に出る。

そこまできたとき、決心はできていた。

中枢部の設計者たちのエリート部隊は、完全に忠実なドゥムフリーと高度な戦闘技術を誇る宇宙船からなる。かれらはヤンヨクの住民たちにはいっさい危害をくわえず、まず犯罪組織による陰謀にポヴァリスロング王が加担していたことをテレカムで住民のペレヴォン全員に知らせてから、ポヴァリスロング艦隊への攻撃を開始した。

その結果、システム防護艦隊の三分の二がドゥムフリー側につき、洞察力のある提督の指揮でポヴァリスロング王および最後にのこった側近たちと戦った。

ポヴァリスロング王ののこりの艦隊はダメージを受けて逃亡した。行き先は不明だ。ヤンヨク住民の大部分は中枢部の設計者たちに忠実なペレヴォンで、かれらは抵抗を受けることなくポヴァリスロング政権を倒した。ヤンヨクに駐在するドゥムフリーの小部隊は、友好的に見守っている。王の手先や腐敗したペレヴォンは逮捕され、ペレヴォン種族と中枢部の設計者たちの、末永い平和な協調体制が確立した。

この幸運な反転の引き金となったのは、《コンゴール》で見つかった強力な証拠書類をもたらした三名のヴィーロ宙航士だ。かれらは、モノルからゴルトライフ転送機を〝ブリッジ〟として内空間に到達し、ホイール星系で中枢部の設計者の九思考者に事情を報告した。

センナ・ヴァルディヴィア、ルフス・ティラク、ウェンケン・ア・トムスの三名は、ドゥムフリー・エリート部隊の最高指揮官とともにヤンヨクにやってきて……《コンゴール》は徹底調査のため内空間に停泊中……トロトはどこにいるのかと周囲にたずねているところに、瓦礫から脱出したトロトが合流した。

かれは、ヴィーロ宙航士たちにマイクロ・スパイが〝刺さって〟いないこと、だれからも盗聴されていないことをまず確信してから、ミモトの宝石を手に入れたことを明かした。早急に《ハルタ》に乗船してスタートし、ジュファル・アマ・スンヌーの乗る搭載艇と合流したいと伝える。

それと、ブラック・キューブと。

かれら四名は、秘密をほかのだれにも明かさないことで意見が一致した。ドゥムフリーや中枢部の設計者たちは非常に友好的とはいえ、宝の持つはかりしれない価値をたとえわずかでも嗅《か》ぎつけたら、持ち去らせようとしないだろうからだ。

こうして、球状銀河の知性体はなんの疑いもいだかずに《ハルタ》を見送り、天の川銀河からやってきた友に幸運を祈ったのだった。

*

恒星ヤンガルから十万天文ユニットはなれた空間で、数百万のちいさな天体が集まって巨大な雲を形成し、赤色巨星を周回している。隣りの恒星までの距離は、雲全体の半分だ。恒星の光は、生命を生みだすには弱すぎる。そのため、天体はすべて完全に氷結した状態にある。核をなす岩のかけらや瓦礫は見えない。

《ハルタ》は、ヤンヨクを出てから大部分の行程をプシオン・ネットで移動した。この宇宙セクターではまだ利用可能な状態にある。その後イホ・トロトは、潜在的彗星の群れのなかをグラヴォ・エンジンで操縦していく。

ヴィーロ宙航士三名は、船内の製造セクターに積載された材料でつくられた予備シートにすわっている。もちろんトロトの成型シートのように巨大ではなく、テラナーに合わせたもの。侏儒のからだを持つウェンケン・ア・トムスは、どことなくシートに埋もれた感がある。かれはそのことで何度となくわめきちらしたが、トロトはかれ専用の特小シートはつくらなかった。

かれのふたつの脳は、まったくべつの問題を思考していた。

ひとつは、ミモトの宝石の喪失をポヴァリスロングがあっさりと受け入れるか、ということ。

そのため、探知機が数光秒の距離にペレヴォン・タイプの宇宙船を計測したとき、かれは警戒した。完全な攻撃スタンバイ態勢を敷き、重武器のトランスフォーム砲をペレヴォン船に照準させる。

しかし、宇宙船に動きはない。《ハルタ》を接近させ、ペレヴォン船の主エンジンが破壊されていることを、探知機で確認した。湾曲した船体中部セグメントにある格納チューブが開いたままなので、乗員たちは難破船をはなれたのだろう。

用心のため、攻撃スタンバイ態勢を維持することにした。ペレヴォンの搭載艇数機がまだ付近にいて、《ハルタ》の搭載艇をふたたび格納する危機的瞬間に攻撃してくる可能性も排除できないからだ。

ついに攻撃を受けることなく搭載艇を閉じこめた氷塊にたどり着いたとき、トロトははっきりと意識した。ポヴァリスロングが追跡し、好機をねらって襲撃してくる懸念が今後も長くつきまとうだろう、と。

ジュファルが搭載艇からテレカムで交信し、疑わしいことはなにも起こらなかったと伝えてきた。それから炎熱バリアで搭載艇周囲の氷塊を融かし、《ハルタ》司令室のある半球ドーム後部のくぼみに固定する。

ブラック・キューブとミモトの宝石を早く合流させたくてじりじりしたが、それでもはやる気をおさえ、まずプシオン・ネットのもよりの索に《ハルタ》を導いた。ヤンガル星系から遠ざかるのが先決だ。

プシオン・ネットの索は、ヌレッグ＝ラッダシュのときと同じく荒々しく反応した。宇宙船は、ハリケーンのなかを航海する帆船よろしく、はげしくもまれた。ときどきエネルプシ索がとぎれ、《ハルタ》は数光秒の微小な凪ゾーンに投げ飛ばされたかと思うと、索が大きく振れて、ふいにまったくちがう方向に進みだした。

トロトは、困難な状況を計画脳のおかげで切りぬけていく。高性能ポジトロニクスと比較できる計画脳によって、使いものにならない索から健全な索へとすばやく乗りかえて時間のロスをなんとかおさえることができた。

だが、プシオン・ネットがいずれ輸送手段として利用不能になることはたしかだった。ネットの状態は刻々と悪化している。

ヤンガル星系から七百光年はなれたとき、一時停止しても危険はないと判断した。ブラック・キューブと宝石をおちついて調べたい。

暗黒星雲のそばで《ハルタ》をプシオン・ネットの外に導くと、エンジンをオフにする。宇宙船は自由落下で移動しはじめた。

ジュファルはすでに搭載艇からブラック・キューブを持って司令室に移動している。

トロトは司令室を監督するようかれにたのみ、ヴィーロ宙航士たちとともに司令室下部にあるラボ区画に向かった。ふたつの物体を調査するためだ。

ダチョウの卵大の宝石を、アンカー機能、走査および透過機能を兼ねそなえたフィールド内に浮遊させる。トロト、ティラク、ヴァルディヴィア、ア・トムスの四名が周囲に立ち、無数のファセットを持つ青い物体とラボ・ポジトロニクスの分析ディスプレイを交互に観察する。

宝石がデータ保存装置であることは、まもなく判明した。合計六万五千五百三十六のファセット、各ファセットは多数のマイクロ・ファセットで組まれている。三百二十二個のマイクロ・ファセット。ひとつひとつに一ビットの情報がある。

おびただしい量の情報。

ハルト人は、早く利用したくてたまらない思いだった。そこで、一辺八センチメートルのメモ・キューブをミモトの宝石に近づけた。まずファセット構造物だけを調べるかわりに。

かれのアプローチは正解だったらしい。

ふたつの物体は透明になり、融合した。純粋に視覚的にはひとつに見える。上次元エネルギーでスキャンすると、接触しながらもならんで存在するのだが。

ハルト人とヴィーロ宙航士三名の関心は、いまはそこにはない。ふたつの物体のデータがどのようにしてたがいに照合し、そこからなにが生じるかを探りだすのに、全精神を集中させなければならない。

　そうやって十一時間が経過した。

　やっと準備がととのったらしい。

　それでもなお、トロトと連れはうまくいかないことを危惧している。最初のデータは意味がわからなかった。だが、次に得られたのはM‐87内の座標。〝ミモト〟というコードネームを持つブラックホールの座標で、ブラック・スターロードへの入口であることがわかった。

　じつに客観的な情報なのに、ハルト人とヴィーロ宙航士たちには圧倒的に思われた。ブラック・スターロードが宇宙の広大な領域を網羅し、ブラックホールが通用路として機能することを意味するからだ。つまり、ブラックホールからブラック・スターロードに入り、また出ることができるということ。

「アインシュタイン＝ローゼン橋」ルフス・ティラクがぞっとした表情でいった。「われわれテラナーの空想のなかに、すでに紀元二十世紀後半からときどき登場しています。それ以来、実際に存在するのか、利用可能なのかとたびたび実験がおこなわれて……無残な結果になっています」

「いまやはっきりした。そうしたブラックホール移動システムは劫初から、テラで最初の人類が石器を使うより前から存在したわけだ」ウェンケン・ア・トムスがいいそえる。

「そのことは確認しよう」トロトが応じる。あらたに得た認識を、さらなる調査結果を待たずに即座に実験したい熱意にかられている。「ミモト・ブラックホールの座標はわかっているから、すぐにそこに向かう」

「われわれ、時間はあります」センナが口をさしはさむ。「あわてて飛びこまないほうがいいのでは」

「むだにする時間はない」ハルト人は反論する。

論理的根拠のある意見ではない。それでも、同行者はかれの意志にしたがうことにした。

結局のところ、ブラック・キューブとミモトの宝石を発見し、奪取したのはかれなのだ……

*

イホ・トロトは《ハルタ》をプシオン・ネットに三回導いた……三回とも、さんざんふりまわされたあげく、いくらもしないうちに新しく形成された凪ゾーンに投げだされた。

プシオン・ネットの崩壊は進んでいる。すくなくともM‐87ではますます速くなっている。

そこで、トロトは三回の試みののちメタグラヴ・エンジンに切りかえた。それほど速い超光速は出せないが、プシオン・ネットが荒廃した状態なので、いくらか時間が節約できた。

《ハルタ》が目標座標に到達して通常空間にもどるのに、それでも十七時間を要した。

透明なドームとスクリーンにうつしだされたのは、一銀河の星々という見なれた光景。トロトと同行者たちは、すわったまま身動きしない。Ｍ‐８７の巨大なジェット流も、すでになじみになって久しい。

目標座標と完全に一致するポイントで、光る霧状のものが高速で回転している。全員の目がそちらに引きつけられた。

イオンガスからなる降着円盤は、ブラックホールを認識するしるしだ。なぜなら、ブラックホール自体は目に見えない。事象の地平線の背後で落下したブラックホールの崩壊物質は重力密度が非常に高いため、周囲の時空はまるいシャーレ状に曲がり、光子が分離することはない。

トロトにとっても同行者たちにとっても、なんら新しい理論ではない。小学校でもかならず映像を見ながら習うことだ。ブラックホールの光景も、宙航士たちにとって目を見張るものではない……もちろん間接的に見えるだけだとしても。宇宙をひろく旅した者なら、この現象をいくつも見てきたはず。

しかし、トロト、ティラク、ヴァルディヴィア、ア・トムスにとって……おそらくジュファルにとっても……今回ちがうのは、目の前にあるブラックホールが謎のブラック・スターロードへの入口だという知識。ブラック・スターロードによって、多数のブラックホールと多数の銀河が結ばれているという知識だ。

「重力波」ア・トムスが探知ディスプレイに目をやって確認する。「これが宇宙船をブラックホールに引きよせる」

「引かれるままになっている場合だ」トロトが応じる。「この距離では、力は比較的弱い。これから……」

なにをするつもりなのか、いうひまはなかった。そのとき探知機の警報が鳴りだしたから。

それまで降着円盤の背後にかくれていた宇宙船六十二隻からなる艦隊が、エンジンを全開にして《ハルタ》に向かってきた。

「ペレヴォン船だ」ジュファルが告げる。

「われわれがここにくるとわかっていたのか」ハルト人は低い声でいった。「ここで待ち伏せされたのは、わたしの責任だ。ポヴァリスロングは宝石だけではミモト・ブラックホールのポジションをつかめないと考えていた。ブラック・キューブがいるはずだ、と。だが、ちがったらしい……だからグリーンのけだものたちに待ち伏せされた」

「逃げきるのは無理です」と、ルフス。「ペレヴォンは三十秒で攻撃可能な距離に達します……周辺一帯に、逃げこめるプシオン・ネットの索はありません」

「ハイパー空間に入る時間もない」トロトは険しい表情でいいそえる。「方法はただひとつ。ブラックホールに突入する」

「正気の沙汰ではないわ」センナが非難する。「干満力によって引き裂かれてしまいます。パラトロン・バリアにもどうにもならないもの」

「六十二隻のペレヴォン船団による攻撃にも歯がたつまい」トロトが応じる。「だが、きっちり正確に〝上〟から回転の中心に入れば、チャンスはあると思われる。あそこはハリケーンの目と同じくらいしずかなはず」

いい終わらないうちにメタグラヴ・エンジンで《ハルタ》を加速させ、降着円盤の回転の中心にコースを合わせる。

ペレヴォンたちも、当然のことながらすぐに気がついた。《ハルタ》を探知機でとらえているからだ。またしても危機的局面となった。ペレヴォン船が《ハルタ》と同じく急激に加速してブラックホールの目に向けて飛行すれば、事象の地平線の背後に消える前に拿捕《だほ》されてしまう。

だが、そうなるとペレヴォン船はもはや減速できない。ひとたびブラックホールの引力範囲に全速力で入ってしまえば、脱出は不可能になるからだ。

ペレヴォン船は、最終的にこのリスクを回避した。艦隊ははさみ撃ち攻撃に向けてふたつにわかれたが、やがて左右に回避した。

「ポヴァリスロングがこちらに交信して、なにかしら提案してくると思ったわ」センナが考えを口にする。

「まだ意識不明なんだろうな」と、トロトがいった。「ヤンヨクで重傷を負ったから。やつが行動していれば、リスクをいとわずブラックホールのなかまで追ってきただろう」

三層パラトロン・バリアをオンにする。《ハルタ》の船首が回転する降着円盤のぴったり中心をさすと、安全マークを超えて加速した。

「うまくいくもんか！」ウェンケンが悲観的になる。

だれも応じない。体験したこともない出来ごとが起きたからだ……おそらく、不動で船首スクリーンを見守るジュファルをのぞいて。

宇宙船は、回転する物質の大きな渦のなかに入っていく。その瞬間、物質はかたまるかに思われた。いちばん外側のパラトロン・バリアがふいに消え、のこりのふたつがはげしくエネルギーを放出する。宇宙船は猛烈に揺さぶられ、セル結合がぱきぱき鳴り、悲鳴のような鋭い音をたてる。ブラックホールの干満力がこれでもかという勢いで打ちかかってきた。

第二のパラトロン・バリアが崩壊した。三つめが膨らみ、司令室内は真っ暗になった。

制御パネルに幻のような白熱光がともる。

トロトは心が凍りつく気がした……ヴィーロ宙航士三名の顔がゆがんでいる。かれらも同じ心境なのだろう。

「うまくいくぞ！」ふいにジュファルがいった……その言葉は自信たっぷりに響き、ハルト人とヴィーロ宙航士はふたたび希望をいだいた。

「だが、わたしは行かなければ、トロトス」ジュファルがいいそえる。「星の街の上部にある天球が呼んでいる。元気で、ハルト人の友！」

「待て！」イホ・トロトは大声でいい、謎の生物に向きなおる。

だが、ジュファル・アマ・スンヌーは消えた。霧消して虚無になったように。

次の瞬間、《ハルタ》の内部、外部ともにすべて通常にもどった。

音がやみ……真っ暗になる。

「われわれ、事象の地平線の背後にいる」ウェンケンがいった。

「操作をするとっかかりがない」と、トロト。「いまの状態が通常なのか、虚無のなかに永遠に埋もれたのかも、わからない」

「経験値がまったくありません」その声は、ハルト人かと思うほどそっくりだった。だが、トロトにだけは、ヴォコーダーの声だとわかった。

「カットク！」どなり声になる。「これまでいったいどうしていた？」

「ノーコメント、トロトス」船載コンピュータが応じる。「わたしがこれまで意識を失っていたといって信じてもらえるならべつですが。ヴァンパイアのようなものが、わが精神から力を吸いとっていたんで」

「へえ、なるほど！」ハルト人は反射的にいった。「ずっとそんなことだと思っていた！ ジュファル・アマ・スンヌーのプロジェクションをつくりだすために、トルタルがおまえのエネルギーを抜いたわけか。わたしがひとりぼっちにならないように」

「その比喩は不完全ですが、いいことにしましょう」船載コンピュータが説明する。

「あと、わたしからのおすすめは、しばらく待つこと。やみくもにスイッチを作動させずに。われわれの周囲の状態は、異状と考えられると思うので」

「異状だと！」トロトはわめき声でいった。「その言葉ですべて説明はつくが、まったく理解できない」

「それなら、理解しようとしないこと！」コンピュータが指示をあたえる。「お茶を飲んで待ちましょう！」

「テラのイディオムだな！」火星人は驚いたようすでいった。「ハダカミミズに嚙まれたほうがマシだ！」

「火星のイディオムですね」カットクがコメントする。

それを聞いてトロトが発作的に笑いだしたので、ヴィーロ宙航士たちの鼓膜があやうく破れるところだった。

＊

《ハルタ》の外は、いまだに輪郭のない暗黒。基本的には定義できないものだが、知性体には、完全な虚無のなかに浮遊しているように感じられた。

イホ・トロトは、いつまでも無為のままですごしたわけではない。ラボに行くことにした。アンカー機能、走査および透過機能をそなえたフィールドに、ミモトの宝石とブラック・キューブがまだ浮遊している……かれは、べつのマイクロ・ファセットにあらたな情報を提供させることに成功した。向かい側に立つティラク、ヴァルディヴィア、ア・トムスも、やはりむさぼるように情報を読みとる。

そうやって、かれらは知った。

数百年前、惑星ヤンヨクにあるペレヴォン種族の一植民地の管理者クワットゥルマスに、〝カンタロ〟と呼ばれる謎めいた異種族が接触してきた。

異種族はブラックホールおよびブラック・スターロードのマスターといわれ、かれらの主張によると、ブラック・スターロードのおかげで宇宙のかなり広大な部分を支配しているという。

カンタロはクワットゥルマスと同盟を結び、ペレヴォンの王を敵とする戦いに加担すると約束した。カンタロたちが代償としてなにをもとめたのかは、はっきり定義されていない。だが、トロトの考えによると、かれらにとってクワットゥルマスは道具にすぎなかったのだろう。

それでもなお、かれらはペレヴォンの植民地管理者にミモトの宝石をあたえ、ブラック・キューブと合わせれば、銀河の最高権力者になれると語った。

使命感をくすぐられたクワットゥルマスは、当時のペレヴォン王に争いをしかけた。最初のうち戦況はよかったが、その後クワットゥルマス艦隊の敗北がつづき……カンタロに助けをもとめたときには、連絡がとれなくなっていた。

内戦に敗《やぶ》れ、地位も命も失った。

ミモトの宝石は、当時のペレヴォン王の所有物となり、後継者に引き継がれた。しかし、宝石を利用して球状銀河の権力を手に入れようとする後継者はなかった。おそらくみな聡明だったのだろう。

やがて、ポヴァリスロング王が出現する。臓器犯罪組織で大金を儲け、M-87の舞台裏で糸を操るくらいならできると確信した。正々堂々と戦争をはじめるつもりはない。それくらいのずる賢さは持ち合わせていた。かれのねらいは、ブラック・スターロードの謎を入手して、M-87のほかの諸種族および臓器犯罪組織を牛耳《ぎゅうじ》ることだった。

そのために、宇宙船でミモト・ブラックホールを通過したことすらある……事象の地平線の背後でハルツィドと名のる生物にも出会った。ミモトの守護者だという。ハルツィドは、ポヴァリスロングに力を貸すことができなかった。カンタロはクワットゥルマスの時代にすでに地平線の背後にある地をはなれ、ハルツィドはたったひとりだったから。

ハルツィドがカンタロ種族の一員なのかどうかは、データにのこっていない。カンタロの外観や生物学的特徴、由来といったことも、ミモトの宝石から引きだせない。そうしたデータは保存されているが、安全コードがハイエンドでアクセスできないのだ。カンタロ種族の所在についても同じだった。

イホ・トロトは、あらゆる方法でコードをクラッキングしようとしたが、どうしてもできない。この技術では右にならぶ者がないほどなのに。カットクも、役にたてなかった。

「すくなくとも、ここからひとつ、わかることがある」トロトは事実を受け入れ、同行者たちに説明する。「カンタロは、われわれの思考マシンよりすくなくとも一世代はすすんだポジトロニクスまたはシントロニクスを所有しているようだ」

*

数時間後、状況が変化した。

最初に気づいたのは、船載コンピュータだ。すべての探知データは、船載コンピュータをとおして乗員に送られるから。

《ハルタ》は、いつのまにか一宇宙を浮遊していた。恒星が二十三しかないので、M-87ではない。

「べつの宇宙にいるのか、べつの時間か。それとも通常宇宙の時間断層に入りこんだだけなのか?」ウェンケン・ア・トムスが疑問を口にする。

「どう思う、カットク?」イホ・トロトが船載コンピュータに疑問を向ける。

「質問に答えるには、情報がすくなすぎます」カットクが応じる。「非常時には悪魔もハエを食うといいますが」

「またしてもテラのイディオムか!」ハルト人はうめき声を漏らす。「わかったぞ。ジュファルがたびたび口にしたのは、それでだったのか。だが、いいたいことはわかった、思考ボックス。恒星が惑星を持つなら、アプローチしろということだな」

「見かけほどバカじゃないようですね、トロトス」船載コンピュータがいった。「ハイパー走査機によると、惑星を持つ恒星はたったひとつ。七光年半の距離にあるペイルイエローの恒星。惑星の数は六つです」

「調査しよう!」トロトはすぐに決定した。

メタグラヴを作動させて光速近くまで加速する。宇宙船はヴォーテックスを通ってハイパー空間に突入。短い超光速フェーズののち、めざす星系の辺縁部で通常空間に復帰した。
遠距離探知機により、第二惑星のみがテラに似た酸素をふくむ大気圏を持ち、人類が住むのに適した気候であることがわかった。

ハルト人にはどうでもいいが、高度に発達した文明はたいていこれと似た環境……または、水素呼吸生物に適した大気圏を持つ木星型の惑星に存在することを、経験から知っていた。

そこで、第二惑星へコースを向ける。そのさい、ほかの全惑星にも隙のない探知監視態勢をしく。ミモト・ブラックホールで襲った予期せぬ災《わざわ》いはまだ骨身にしみていた。

しかし、じゃまは入らなかった。ほかの宇宙船も見あたらず、文明の存在を示唆する原始的な交信すらない。

しかし、《ハルタ》が第二惑星の周回軌道に入ると、高度に発達した文明がすくなくともかつて存在したことが判明した。

惑星のいたるところに、メタルプラスティックに似た材質で建設された都市が、良好な状態のままでのこっている。宇宙港も九つあり、地表に一定のかたちで形成された空洞が無数に見られる。地下に交通網や生産施設があるのだろう。

だが、どこにも動きはない。住民は惑星を捨てたのだろうか。

「建設したのはだれだ？」トロトが疑問を口にする。

「いずれにせよ、高度な技術を持つ知性体ですね」と、ウェンケン・ア・トムス。「都市や宇宙港の映像をよく見てください、友たち！　完全に統一されている。おそらく、細部の細部にいたるまでハイエンドなポジトロニクスかシントロニクスが設計し、建設したと思われます」

「カンタロがここに住んでいたということか」と、トロト。

「地平線の背後にある地をはなれるまで」船載コンピュータが口をさしはさむ。「卵みたいなデータがいっていたのは、惑星の地平線ではなく、ミモト・ブラックホールの事象の地平線のことでしょうね」

「なるほど」トロトが応じる。「諸状況から、われわれはいまもなおミモト・ブラックホールの事象の地平線の背後にいると考えているんだな」

「数すくない恒星から判断して、準微小宇宙のなかでしょう」船載コンピュータが断定する。

「同感だ」ハルト人が応じる。「だとすると、事象の地平線の背後にある準微小宇宙を安定化する力がここにもはたらいているわけだ。でないと、ここは維持されない。この力をつくりだす技術には、ミモト・ブラックホールを通ってここにやってきた宇宙船を、同じブラックホールまたはべつのブラックホールから通常宇宙にもどす可能性を持つと思われる。ポヴァリスロングだって事象の地平線の背後から通常宇宙にもどったわけだし」

「ハルツィドがその力を適切にスイッチしたのかもしれない」火星人が口をさしはさむ。

「ハイパーカムでハルツィドに交信してみたらどうです？」

「目の見えないニワトリでも穀粒《こくりゅう》を見つけることもある。ちがいますか、トロトス？」

カットクがいった。

「そのイディオムは知らないから、意味がわからん」ハルト人が応じる。

「ほんとにわかることなんてないでしょうに、マスター」船載コンピュータがあざける。

トロトは身をよじって笑うところだったが、ふいに息をとめた。ハイパーカムに着信があったから。

装置をオンにする。

モニターは暗いままだが、単調な声が聞こえてきた。ミモト最大都市の宇宙港に即刻着陸せよとの指示。中枢部言語だ。

こちらからの質問に対する返答はなく、同じ内容がくりかえされた。

「異宇宙船がミモトにやってくると自動的に作動するプログラムと思われます」船載コンピュータが推測する。

「ミモト。それが惑星の名か」と、トロト。

通告がもう一度くりかえされ、トロトはうなずいた。

「期限はつけず、武力を行使するという脅しもない。ポジティヴな展開が期待される。着陸するぞ」

着陸に必要な操作をまだ終えないうちに、探知機のけたたましい警報が鳴った。

「ペレヴォン船が十一光秒の距離に出現」カットクが告げる。「たったいまエンジンを作動させ、防御バリアを構築しました」

トロトは手の動作ひとつで《ハルタ》の三層パラトロン・バリアを作動させると、着陸操作をとり消す。接近してくるペレヴォン船を回避するために《ハルタ》を加速させた。

「攻撃するのがよいと思います、トロトス」と、船載コンピュータ。「ペレヴォンはハイパー走査機で目標をマークしました。すぐに攻撃されます」

「われわれ、平和な巡礼者だ」ハルト人はいい、声をおさえて小声で笑った。

高エネルギー・ビームの集中攻撃を受けて、外側二層のパラトロン・バリアがぱちぱちと光った。

「非常に高い集中効果」カットクがコメントする。

「われわれには不充分」トロトはいい、さらなる回避作戦をとる。

「ペレヴォンがパラトロン転極機を使わないといいが」ルフス・ティラクが危惧する。

「やつらが持つことはない」ハルト人が応じる。「中枢部の設計者たちはだまされやすいこともあるが、軍人カーストであるドゥムフリーが持つのと同じハイレベルな武器をかつての仇敵《きゆうてき》に認めるほどにバカじゃない」

「でも、われわれ、いまなら防御できます」と、ウェンケン・ア・トムス。二度目の集中ビームがパラトロン・バリアに降りかかった。ペレヴォンがパラトロン・バリアの構造を揺さぶる特殊ヴァイブレーション兵器を使ったことが、データ閲覧ディスプレイに表示されている。

「われわれは平和な巡礼者だといったではないか」トロトは動じることなく説明する。

「トロトスがいいたいのは、ペレヴォンたちに責任を押しつけようってことです」船載コンピュータが横槍を入れる。

ハイパーカムが反応したので、トロトは作動させた。医療シートに横たわり、ケーブルやチューブにつながれたペレヴォンの姿がモニターにうつしだされた。頭蓋は半透明の液体絆創膏《ばんそうこう》でおおわれている。

ポヴァリスロング！

「宝石とブラック・キューブをよこせ、トロト。でないと宇宙船もろとも破壊してやる！」相手がどなりつけた。

「ブラック・キューブは、わたしが惑星トフタルから命からがらとってきたから、わたしのものだ。宝石もだぞ。ふたつで一体だから」イホ・トロトが応じる。「それに、あんたはもうペレヴォンの王ではない。ただの宙賊だ。国民が中枢部の設計者たちの手を借りて退位させたではないか……臓器犯罪組織に加担したかどで指名手配中のくせに」

「嘘つきめ！」ポヴァリスロングがわめく。「嘘つきの裏切り者！　死ね！」

またしても集中攻撃をかけてきた。トロトは、宇宙船をペレヴォン船とミモトの最大都市のあいだに移動させたため、それたビームが惑星にとどき、都市の十分の一を荒廃させた。

その瞬間、ペレヴォン船は宇宙空間から消えた。もともと存在しなかったみたいに。

「こういうことだ」と、ハルト人。「では、着陸する」

＊

《ハルタ》が都市内の宇宙港に着陸するやいなや、ハルツィドと名のる生物がハイパーカムで交信してきた。姿を見られたくないらしく、映像はない。

「イホ・トロトというのは、だれだ？」妙に無感情な声がたずねた。

ハルト人はシートから立ちあがりかけて、また腰をおろす。

「あなたは、だれだ？」と、たずねる。

「すでにいったとおり、ハルツィドだ」ハイパーカムから声が聞こえてきた。「ミモトの守護者。それと、宝石とブラック・キューブをふたたびミモトにとりかえす任務を負う者。もともとミモトに属するものだ。手伝ってくれて感謝する、イホ・トロト」

「感謝するのは早い！」トロトは不機嫌な声でいった。「ふたつの貴重品はわたしのもの。手ばなすもんか」

「それらは、わたしに支払う代償と思ってもらおう。あなたたちが事象の地平線の背後にある地から去る可能性と引きかえだ」ハルツィドが応じる。

「ほかのものを要求してくれ！」トロトがいいかえす。

「一度いったことを、二度はいわない」と、守護者。

無言の状態で数分が経過した。ハルツィドには交渉する気がないことを、ハルト人は悟った。ぶじにここを脱出できればありがたいと思うべきだろう。

「了解した」かれはいった。「宇宙船とわれわれをブラック・スターロードから天の川銀河にあるブラックホールに移送するという条件で……どの銀河のことか、わかるならば」

「わかっている。そちらのたのみは実行する」ハルツィドが応じる。「宝石とキューブを都市の中央広場にある石柱のもとに置くんだ！　それらを受けとったら、あなたたちを宇宙船とともに輸送ステーションに送らせる。ブラック・スターロードを経由して天の川銀河のスターゲートまで輸送し、ゲートをぬけたら通常空間に復帰する。そのあいだ、いっさいの活動をやめること！」

通信はとだえた。

トロトは、宝石とキューブをフォームエネルギーからなるボックスに入れ、《ローズィー・グリール》のマイクロ走査機によって壁を不可視にすると、グラヴォ・パックを使って、指定された石柱のところまで単独で飛翔した。場所は惑星に接近飛行中に確認ずみだ。ボックスを置く。

宇宙船内にもどると、マイクロ走査機の映像を受信する装置を作動させた。非常に緊張して、ハルツィドがあらわれるのを待つ。ヴィーロ宙航士たちが無言でそばにきて、特殊スクリーンに顔を近づけた。

二十分が経過したころ、スペクトルのあらゆる色にほのかに光るエネルギー・スフィアが石柱の横にあらわれた。開口部ができると、《ハルタ》で観察する者たちはスクリーンにのめりこむほど近よった。

次の瞬間、ウェンケンは悪態をついた。石柱と周囲の映像が大きくゆがんだのだ。開口部から出てフォームエネルギー・ボックスに歩みよる生物のぼんやりした輪郭しか見えない。

「妨害シグナルだ」ウェンケンがいった。

「あなたの心を見ぬいたんですよ、トロトス」と、カットク。

「それでも、ハルツィドがヒューマノイドに近いことはわかる」イホ・トロトが説明する。「遠距離分析の結果を見てみよう」

回路を操作する。まもなく特殊スクリーンに光文字があらわれた。

〈構成。生体有機＝四十二パーセント。バイオトロン化合物＝五十一パーセント。シントロン＝七パーセント。散乱放射のため、数値は不正確〉「ハルツィドは生物とロボットのミックスだわ。ドロイドね！」

「気が変になりそう」センナが甲高《かんだか》い声でいった。

ぼんやりとした姿が石柱の横のボックスに身をかがめる。次の瞬間、特殊スクリーンは真っ黒になった。

半時間後、《ハルタ》はエネルギー・フィールドにつつまれて空中を九キロメートル移送され、宇宙港の端まできた。

巨大なシャフトが開き、宇宙船は吸いこまれるようになかに入った。惑星ミモトの地表からはるかに深いところにある、定義しかねる設備に向かって引きよせられていく。トロトとヴィーロ宙航士たちは、非実体化するのを感じた。

ほとんど同時に、宇宙船はほかの謎めいた集合体にかこまれて、ともに実体化した。《ハルタ》は無限に深く感じられる深淵をのぼっていく。白熱する星間物質の力強い大渦巻きといっしょに回転しながら。

過去と現在が溶けあってひとつになる感じ……鋭い悲鳴とともに、イホ・トロトは上昇していった……

8　追放処分

光のない暗黒。

イホ・トロトの意識がしだいにはっきりしていく……なにが起こったのか、理解しようとつとめる。記憶のなかで過去と現在が融合してひとつになったらしいことがわかった。

たったひとつの出来ごとを二度体験して、ふたつの体験が二枚の多彩色ガラスとして重なりあい、ひとつの体験にまとまってしまった感じ。

だが、そういうわけでもない。ふたつは完全に同一ではないから。出来ごとを二度めに体験するあいだに、現実が変化したように感じられた。

ふたたび成型シートに身をもたせると、注意深く自分を見守る者たちの顔が見えた。ペリー・ローダン、レジナルド・ブル、グッキー、ベオドゥ、エイレーネ、コヴァル・インガード。

「気分はどうだ、トロト?」ローダンがたずねた。

「気分なんてあるかい！」トロトはいくぶん自嘲ぎみに応じる。「ハルト人は不屈だ」

「カットク！」トロトは声を張りあげ、「ちがう、タラヴァトス！」と、訂正する。

「高位者のいたずら者！」

「すっかり元気そうだな！」と、レジナルド・ブル。「話ののこりを聞かせてもらえるか」

「どこまで話した？」ハルト人が訊く。

「《ハルタ》が天の川銀河内か、またはその近くで一ブラックホールから吐きだされたところ」ブルが応じる。

　トロトは戦慄した。

「それは忘れられない」かれは説明する。「過去と現在が溶けあってひとつになるような感じだった。ブラックホール……！　うん、あれはシラグサ・ブラックホール。太陽系から三十二万四千光年の距離。われわれ、そこからアインシュタイン空間に送りかえされた。〝シラ〟・ステーションによって船載コンピュータが判断した。それにつづいて頭を殴られるような驚きを体験した。アインシュタイン＝ローゼン橋を横断するときだったか、それともその前にミモト・ブラックホールの事象の地平線の背後の虚無にいるときだったか、百九十四年が失われた」

「われわれはもっと長かったが、それでも大変だ」ブルが冷静にコメントする。

「わたしには充分だ」トロトは不機嫌に応じる。「ミモト・ブラックホールに突入したのはNGZ四四七年……シラグサ・ブラックホールから投げだされたのがNGZ六四〇年」

「それから、なにがあったの？」エイレーネがじりじりとしてたずねる。

トロトは低い笑い声をたてた。

「せっかちは若者の特権」と、コメントする。「そのあと起きたことは、あなたたちの運命がわからないための苦悩が重くのしかかっていた。完全に密閉状態の天の川銀河に入ろうと何度ためしても、だめだった！　友ペリーが死んだらしいという伝説をどれだけ追求したかわからない。あなたがブラックホールに飛びこんだのは自殺の試みだったなど、わたしは一度も信じなかった」かれは指先でそっとローダンの顔をなぞる。「ペリー・ローダンはぜったいあきらめない」

「これまではそうだった。今後も変わらないことを願う」と、ローダン。「わたしの自殺伝説がどこから出たのか、知りたいんだが」

「探りだそうとしたが……だめだった」ハルト人が応じる。「きっかり三百三年間、わたしはあなたとあなたの友を探しつづけた。連れのヴィーロ宙航士三名とは、まもなくはぐれた。天の川銀河が隔絶されているのがわかったあと、ポスビのところに行った。わたしとともに局部銀河群内をくまなく捜索してあなたを見つけるようたのんだ」

かれは笑い、

「かれらはわたしを四本腕の預言者と呼んだ」と、先をつづける。「おそらくいまも探しつづけているだろう……どこかはわからんが。その後、二百の太陽の星にもどると、グラドたちに捕らえられた。ポスビがいなくなったことの責任はわたしにあると思われて。わたしには阻止できたかもしれないが、だれも傷つけたくなかった。

グラドがわたしをマークスに引きわたすと、わたしはこっそり脱走した。水素呼吸生物たちのトロフィーくらいにはなるだろうと思い、戦闘服をのこして。ハンガイ銀河で新しい戦闘服を調達した。それについてはあとで話す。とくに意味のないことだし」

「《ハルタ》のドリフェル・カプセル！」エイレーネが口をはさむ。「いつ消えたの？」

「百九十四年のどこかで。ハルツィドという名のドロイドが故意に盗んだらしい」イホ・トロトが応じる。「シラグサ・ブラックホールから輸送されたあと、なくなっていることに気がついてショックを受けた」

作業アームを上にあげ、ふたたびおろす。

「のちにパウラ・ブラックホールでカンタロのシュプールをまた見つけたとき、過去の柱と事象の地平線の背後のアムリンガルの時の石板に接近することができた。いまいましいナック族にさらに二百年だましとられた場所。やがてあなたたちが見つけて救ってくれた」

「おかげでぼくら、穴にはまってこまってら」グッキーが甲高い声でいい、それから唖然とした表情になる。「これって、韻を踏んでるじゃんか」

「まさしく、ニンジンへの愛と同じく」ブルがそっけなくコメントする。

どっと笑いが起こり……しんとしずまった。《ハルタ》周囲の底しれない暗黒がはじけ、宇宙船はおそるべき速さで黒い漏斗状のものに吸いこまれていく。そのまわりを、星間物質からなるきらきらする渦巻きが回転していた。

《ハルタ》の背後あるいは下部に、ほのかに光る構造物があらわれた。事象の地平線の背後にあるスターゲート・ステーションだと七名にはわかった。

やがて、みんなが時間感覚をなくしてしまったころ、ネットウォーカー船はブラックホールの目から自由落下で無数の恒星のまたたく宇宙空間に飛びだした。

「渦状銀河！」ペリー・ローダンがいった。「ここは渦状銀河だ」

「天の川銀河だ」トロトが計画脳でいち早くポジションを確認した。

「天の川銀河？」エイレーネが不思議そうに訊く。「だったら、ブラック・スターロードはクロノパルス壁を貫通していることになるわ」

「はっきりとはわからないが」トロトは推測するものがある。

「わたしにはわかります！」船載コンピュータが、ハルト人……をまねた……声でいった。「おそらくクロノパルス壁はまだ存在しないようです。われわれ、かっきり六百五十三年前の過去に投げだされたんで」

「もっとましなジョークはないのか！」レジナルド・ブルが腹をたてた。

「星のカトラリーを測定してください！」タラヴァトスが応じる。「わたしの計算があっていることがわかるはずです」

静寂が数秒間つづく。それからペリー・ローダンがささやき声でいった。

「タワラか。あのナックはわれわれが手出しできないようにしたのだ。いまいるのは、過去と現在……つまりわれわれの現在である二四三年……のあいだ」

「そう」トロトが同意する。「星のカトラリーを測定した。われわれ、ＮＧＺ四九〇年にうつされた。ここはペルセウス・セクター。テラから六千三百五十光年」

「信じられない！」エイレーネはショックを受けたようすだ。「はるか未来にいる友たちから遠くはなれて、なにをすればいいの？　四九〇年に、わたしたちにとってなにがあるの？　死んだほうがましじゃない？」

「おちつくんだ、お嬢さん！」ブルがいい、エイレーネの肩に腕をのせた。「ペリー・ローダンはぜったいにあきらめない」

「だれもあきらめない」ローダンが真顔で応じる。「この先なにが待っているにせよ、ドリフェル・カタストロフィ以降に故郷銀河に実際になにがあったのか、知る手がかりになるかもしれない」

あとがきにかえて

シドラ房子

フランツ・カフカ没後百年にちなんで、二〇二四年にはさまざまなイベントがある。カフカの小説をもとに制作されたオペラ『アメリカ』の、チューリヒ歌劇場での上演もそのひとつ。私は下準備として原作をオーディオブックで聞いてから、鑑賞した。

一九六九年に初演されたオペラは、演劇の要素が大きく、歌唱力よりも演技力がはるかに重要という印象を受けた。主役は声量が豊かなのに、ほんのすこししか聴けなくて残念な気がした。解説の動画を事前に見たのだが、スコアは従来の楽譜とはまったくちがい、スケッチのようだという。私の座席は一階第一列のまんなかからひとつ右側で、オーケストラボックスにいる指揮者の頭がすぐななめ前にある。おかげでスコアがとてもよく見えた。音楽を心底楽しむオペラ鑑賞とはちょっぴりちがうが、現代音楽を徹底的に体験することができ、とても充実した一時間五十分だった。

訳者略歴　武蔵野音楽大学卒，独文学翻訳家　訳書『目標、アンクラム星系』エルマー＆エーヴェルス，『伝令船《コルドバ》遭難！』シェール＆グリーゼ（以上早川書房刊），『狼の群れはなぜ真剣に遊ぶのか』ラディンガー他多数

HM=Hayakawa Mystery
SF=Science Fiction
JA=Japanese Author
NV=Novel
NF=Nonfiction
FT=Fantasy

宇宙英雄ローダン・シリーズ〈710〉

あるサイノスの死《し》

〈SF2439〉

二〇二四年四月　十　日　印刷
二〇二四年四月十五日　発行

（定価はカバーに表示してあります）

著　者　H・G・エーヴェルス
訳　者　シドラ房《ふさ》子《こ》
発行者　早川　浩
発行所　株式会社　早川書房

郵便番号　一〇一 - 〇〇四六
東京都千代田区神田多町二ノ二
電話　〇三 - 三二五二 - 三一一一
振替　〇〇一六〇 - 三 - 四七七九九
https://www.hayakawa-online.co.jp

乱丁・落丁本は小社制作部宛お送り下さい。
送料小社負担にてお取りかえいたします。

印刷・信毎書籍印刷株式会社　製本・株式会社明光社
Printed and bound in Japan
ISBN978-4-15-012439-7 C0197